KB141816

TAROT CARD MISTY

타로카드 미스티

칼리 지음

미스티 타로 카드

칼리 지음

초판 1쇄 발행일 2014년 9월 8일

펴낸이 | 이 춘 호
펴낸곳 | **당그래출판사**
등록일 | 1989년 7월 7일(제301-2005-219호)
주 소 | 100-250 서울시 중구 예장동 1-72 1층 전관 (퇴계로32길 34-5)
전 화 | (02) 2272-6603
팩 스 | (02) 2272-6604
homepage | www.dangre.co.kr
e-mail | dangre@dangre.co.kr
ISBN | 9788960460447*33810
값 30,000원 (22장의 미스티 타로카드를 포함한 가격)

Background Story

이 카드는 어떤 것도 선명하지 않은 현대를 상징하는 카드로 기획되었습니다. 안개가 자주 끼는 호수에 둘러싸인 습기가 많은 어느 상상 속 마을의 이야기입니다.

대부분의 사람들이 알고 있는 것과는 조금 다른 것이 진실이 되고 알고 있는 것들은 사라져 버리는 이상한 마을. 일어나지 않았으면 좋겠다고 생각하는 기분 나쁜 악몽이 실제로 일어나는 마을이 이 카드의 배경입니다.

About Misty Tarot Card

　모든 카드가 구체적인 주인공을 가진 인물 중심의 카드입니다. 의미를 가진 특정행동을 묘사하여 뜻을 바로 느낄 수 있도록 카드를 구성하였습니다.

　질문을 하고 싶어도 궁금한 것을 어떻게 물어야 할지 모르는 사용자를 위해 응용이 가능한 열 두 개의 질문과 그 응답을 실은 타로카드입니다.

　소망의 실현, 인간관계, 상황의 판단, 돈과 일, 그리고 사랑에 대한 질문과 각 카드의 응답을 통해 궁금증을 해소하고 판단을 내릴 때 도움이 되도록 합니다. 초보자의 경우는 한 장의 카드만으로 질문의 답을 얻을 수 있도록 고안되었습니다.

　숙련된 사용자를 위해서는 깊게 생각하고 유추할 수 있도록 짧은 키워드나 한줄 읽기를 제외하였고 책을 읽는 독자의 정서적 환기와 명상의 힌트를 위해 그림의 상황과 의미에 대한 자세한 설명을 덧붙여 두었습니다.

목 차
22장 카드의 의미와 설명

12가지 질문을 위한 22 카드의 답

 카드에 가장 많이 물어보는 질문을 모아서 12가지를 기재했습니다. 궁금한 것이 생기면 질문을 골라 카드를 섞어 한 장 뽑은 다음 질문에 해당하는 카드가 몇 페이지에 있는 지 찾아서 읽으면 끝. 바로 응답을 찾을 수 있습니다. 카드를 섞는 방법에는 여러가지가 있습니다. 섞이기만 하면 상관없습니다. 편한 방법대로 해주세요.

 자신의 질문과 가장 비슷한 것을 고르시면 됩니다. 12 가지 질문은 이렇습니다.

 Q. 나는 재능이 있을까요? Q. 사람들은 나를 믿을까요? Q. 잘 될까요? Q. 내가 잘못한 것일까요? Q. 하고 싶은 것이 있는데 해도 될까요? Q. 언제쯤 금전 운이 좋아질까요? Q. 그(또는 그녀)가 나를 사랑할까요? Q. 시험에 합격할까요? Q. 새로운 인연이 생길까요? Q. 나는 무엇을 하면 좋을까요? Q. 관계를 회복할 수 있을까요? Q. 끝낼 수 있을까요?

 이제 답을 찾을 차례입니다. 아래의 색인에 따라 찾아가시면 응답이 있습니다. 이것으로 해석이 끝납니다. 그때그때 즉각적인 해석을 찾아 활용해주세요.

Q. 나는 재능이 있을까요?

Q. 사람들은 나를 믿을까요?

Q. 잘 될까요?

Q. 내가 잘못한 것일까요?

Q. 하고 싶은 것이 있는데 해도 될까요?

Q. 언제쯤 금전 운이 좋아질까요?

Q. 그(또는 그녀)가 나를 사랑할까요?

Q. 시험에 합격할까요?

Q. 새로운 인연이 생길까요?

Q. 나는 무엇을 하면 좋을까요?

Q. 관계를 회복할 수 있을까요?

Q. 끝낼 수 있을까요?

카드를 사용하는 방법은 여러가지가 있습니다. 카드와 친해지면 더 많은 카드를 사용해서 해답을 얻을 수 있게 되지만 처음에는 한 장을 읽는 것이 가장 정확하게 카드를 읽는 방법입니다.

카드를 골랐는데 내가 선택한 질문의 해답이 아닌 경우도 있습니다. 이런 경우에는 질문을 세 번 마음 속으로 생각한 다음 카드를 다시 섞어서 뽑아주세요. 다른 생각을 하거나 복잡한 일이 있을 때는 가장 중요한 일과 관련된 카드가 나타나기도 합니다. 이럴 때는 질문에 집중해서 다시 카드를 선택하면 됩니다.

질문을 고르고 카드를 섞어 한 장을 고른다음 페이지를 찾아 읽는 것만으로도 카드를 사용할 수 있도록 만들었습니다. 편안하게 카드를 즐겨주시기 바랍니다.

0. FOOL 소년

Genius

– 예술가, 과학자를 동경하는 철없는 도련님
– 아는 것이 없어야 시작할 수 있다.

– 이 일의 시작은 호기심에서 비롯되었습니다. 어린시절부터 공상을 멈추지 않은 소년은 자신이 특별한 존재라고 생각합니다. 주어진 환경에 적응하며 산다면 아무 일도 일어나지 않았을 평범한 소년입니다. 아니, 꽤 괜찮은 배경을 가지고 태어난 소년입니다. 보호자가 시키는 대로 편안한 길을 따라 걷는다면 부유하게 살았을 소년입니다.

그러나 자신이 특별하다고 생각하는 것이 문제입니다. 자신은 특별하니까, 평범하게 공부를 하고 평범한 일을 하는 것을 참아내지 못합니다. 결국 소년은 깃털우산을 들고 절벽으로 뛰어 내립니다. 특별한 자신이 만든, 특별한 깃털우산이 자신을 날게 해줄 것이라는 터무니없는 믿음 때문입니다.

마을 사람들이 그를 손가락질하며 '철부지' 혹은 '바보' 라고 등 뒤에서 쑥덕이고 있다는 사실을 그는 영원히 알지 못할지도 모릅니다.

 그림 설명

빨갛게 상기된 뺨을 가진 소년은 화려한 웃웃을 걸치고 절벽에서 뛰어내렸습니다. 그는 행복한 얼굴입니다. 그의 소원대로 하늘을 날고 있습니다. 그를 보호하는 겉깃털로 얼기설기 엮어 만든 우산하나입니다. 그는 가시나무가 가득한 절벽 아래로 떨어지는 중입니다. 절벽아래에는 흐르고 있는 물이 보입니다. 물은 가시나무를 자라게 했지만 그를 구해줄 수도 있습니다.

I. THE MAGICIAN 마법사

Famous

- 연금술사, 구경꾼, 안개를 만드는 사람.
- 진짜는 나서지 않는다.

- 그가 가진 것은 능력입니다. 그는 세상에 존재하는 것과 존재하지 않는 것을 만들 수 있는 마법사이며 연금술사입니다. 사람들은 그가 언제부터 마을에 있었는지 알 수 없으며 그가 어떤 능력을 가졌는지도 모릅니다. 마을 사람들은 그에게 부탁하면 소원이 무엇이든 다 이루어 준다는 것을 알고 있습니다.

그러나 그것도 잠시, 크고 작은 일이 생길 때 마다 사람들은 잠시도 고민하지 않고 그를 찾았습니다. 심지어 손쉬운 일도 스스로 해결하지 않았습니다. 소원의 대가를 받아 마법사는 부유하고 풍족하게 살았지만 자신에게 너무 의존하는 사람들에게 질려 버렸습니다. 이제 그는 자신의 방에만 틀어박혀 기분 나쁜 안개를 끊임없이 만들어내며 마을이 어떻게 망가져 가는지 구경합니다.

마을 사람들은 점점 그가 전설 속의 존재라고 생각하기 시작했습니다. '마법사' 나 '위대한 사람' 은 그를 부르는 말입니다.

 그림 설명

그의 방에는 입구도 없고 출구도 없어서 아무도 들어올 수 없습니다. 단 하나의 창은 너무 높게 있어서 하늘을 나는 것들만 들어올 수 있습니다. 그는 안개를 만드는 중입니다. 세상에 속한 수많은 물건들이 그의 방안에 쌓여있습니다. 이 물건들은 세상으로 흩어져 마법사가 원하는 사건들을 만들게 될 것입니다. 그는 세상을 보는 거울로 마을을 지켜보고 있습니다. 그의 표정은 지루하고 생기가 없습니다.

II. THE HIGH PRIESTESS 여사제

Fastidious

– 만월, 까다로운 선지자, 비밀을 아는 사람.

– 해결책과 지혜는 쉽게 만날 수 없다.

– 그녀는 모든 것을 알고 있습니다. 세상의 이치를 알고 있으며 조화
로운 해결책도 알고 있습니다. 아는 것은 그녀가 존재하는 이유입니다.
여사제는 마을에 살고 있지만 살고 있지 않습니다. 땅 위에 살지 않지만
마을에 속한 존재입니다. 그녀는 질문에 대답해 주지 않습니다. 질문자
가 스스로 깨닫도록 합니다. 그것이 여사제가 가진 능력입니다.

그녀는 처음부터 사람들과 가까운 존재는 아니었습니다. 이전부터 지금까지 그녀는 규칙을 바꾼 적이 없습니다. 여사제는 만월에만 모습을 드러내고 땅 위에는 올라오지 않습니다. 사람이 다가올 수 없도록 거대한 뱀과 함께 나타납니다. 세상을 통째로 삼켜버릴 수 있을 만큼 커다란 뱀도 무섭지 않을 만큼 절실한 상황이 되면 사람들은 보름달을 기다려 그녀를 찾아갑니다.

그녀는 전설이 되어버린 마법사보다 사람들에게 친근한 존재입니다. '지혜로운 여인' '들어주는 사람' 은 마을 사람들이 그녀를 부르는 이름입니다.

 그림 설명

사람들에게는 글자가 보이지 않는 경전과 힘을 주면 바스라질 것 같은 투명한 거품이 그녀의 품 안에 있습니다. 오른손에는 황금으로 장식된 장검을 꼭 쥐고 있습니다. 그녀의 머리는 마법사처럼 푸른 회색이며 뱀은 길이를 알 수 없을 만큼 거대합니다. 그녀를 둘러 싼 계곡의 한쪽은 나무로 무성하지만 반대편은 나무가 자라지 못하는 메마른 곳입니다.

Ⅲ. THE EMPRESS 여왕

Adorable

– 화려한, 아름다운, 존재자체가 의미 있는 사람.
– 부귀영화는 남들에게 보여주기 위한 것에 불과하다.

– 그녀는 인형입니다. 자신의 손으로 하는 것은 아무것도 없습니다. 그녀가 존재한다는 것이 중요합니다. 그녀는 평화와 행복을 상징하는 존재입니다. 그녀가 행복해야 할 필요는 없습니다. 그녀라는 여왕은 사람들에게 기쁨을 줍니다. 세상이 잘 돌아가고 있다는 것을 상징하는 그녀의 아름다운 모습은 마을 사람들의 자랑입니다.

사람들은 그녀를 머리끝부터 발끝까지 황금으로 치장해주고 세상의 온갖 진귀한 것들을 가져다줍니다. 구할 수 있는 가장 아름다운 비단으로 만든 옷을 입혀주고 그녀와 눈도 마주치지 않으며 허리를 굽히고 머리를 조아립니다. 그녀가 원하지 않아도 그녀에게 필요한 것들은 모두 준비되어 있습니다. 그녀는 그 자리에 서 있습니다.

사람들은 그녀를 위해 무엇이든 할 준비가 되어있습니다. 그녀의 말은 법이고 진실입니다. 하지만 그녀는 '아무것도 원하지 않는 사람' 입니다. 다 가졌기 때문입니다.

그림 설명

화려한 옷과 수컷공작, 꽃이 만발한 정원을 가진 여왕은 지켜보기에는 아름답고 부유해보입니다. 그러나 그녀의 눈은 생기가 없고 그녀는 이 정원을 나갈 수 없습니다. 꿀벌도 난쟁이도 그녀를 위해 일하고 있습니다. 고양이는 품에 안겨 귀를 세우고 경계하고 있습니다. 여러 색의 꽃이 뒤섞여 흐드러진 정원에는 나무가 없습니다. 수레 위의 석류는 3개입니다.

IV. THE EMPEROR 황제

Conqueror

- 정복자, 용맹함, 약점이 없는 고독한 사람.
- 지배자는 끊임없이 싸워야 한다.

- 그는 칼과 창이 상처 입힐 수 없는 강력한 사람입니다. 그의 숨소리가 적을 떨게 하고 그가 가는 곳의 땅이 발굽소리로 진동합니다. 그는 다른 나라를 계속 정복하여 마을을 점점 늘리고 있습니다. 황제는 패배하지 않는 사람입니다. 그는 끊임없이 싸우고 있는 동안에도 지치지 않습니다. 알려진 대로라면 그는, 세상에서 가장 잔인한 정복자입니다.

사람들은 그에 대해 알지 못합니다. 그의 나이도, 그의 모습도 기억하지 못합니다. 여왕만이 얼굴의 절반을 가린 가면을 벗은 그의 표정을 볼 수 있습니다. 권력을 두고 일어나는 끊임없는 투쟁 속에서 성장한 그에게는 작은 약점도 허용되지 않았습니다. 그는 불안하고 외로워합니다. 그의 마음을 아는 것은 자신뿐입니다.

사람들은 그를 두려워하고 존경합니다. 그가 마을을 존재하게 하기 때문입니다. 그는 철저하며 늘 평정을 유지하는 사람입니다. 그래도 그는 '외로운 사람' 입니다. 그의 힘은 그를 혼자 있게 합니다.

 그림 설명

그는 거대한 황금의 관을 쓰고 금실로 수놓은 휘장을 드리우고 있습니다. 그의 상징은 독수리입니다. 그는 하늘이 내린 태양의 상징을 가지고 있으며 사자와 호랑이를 무릎 꿇게 합니다. 몸보다 더 길게 늘어뜨려진 가운위에 자리 잡은 사자와 호랑이는 발톱을 드러내고 가까이 다가오는 사람을 살피고 있습니다. 그의 왼손에는 지배자의 지팡이가 있습니다. 그는 왕좌에 앉아있습니다.

V. THE HIEROPHANT 교황

SEEK

V. THE HIEROPHANT

Seek

- 탐구자, 추구자, 새로운 세상을 꿈꾸는 사람.
- 신의 사자는 새로운 세상을 준비해야 한다.

- 그는 권력의 한 가운데 속한 사람입니다. 최고의 지위에 얻은 자를 신의 손으로 인정해 주는 것이 그의 일입니다. 그는 자신이 사람들 앞에 세운 왕이 거짓이라고 생각합니다. 그는 새로운 진짜 성자를 만들어 내려고 합니다. 기적을 일으키고, 사라져버린 마법사 대신 마법을 부리는 새로운 지배자를 만들어 내려고 하고 있습니다.

자연과 인간의 키메라를 만드는 것이 그의 작업입니다. 정의를 위해 목숨을 아끼지 않았던 반인반수 소년의 전설을 실현시키고자 하는 것입니다. 그는 신성한 유골을 훔쳐 실험을 계속합니다. 그의 성소에서 새어 나오는 뿌연 안개가 마을을 점점 더 어둡게 하고 있습니다. 성자를 만들고자 하는 그의 목표가 신의 섭리를 거스르고 있다는 사실을 그는 깨닫지 못합니다.

사람들은 그가 마을 사람들을 위해 끊임없이 기도하고 있다고 생각합니다. '성직자'는 신성한 사람입니다. 사람들은 그의 이름을 함부로 언급하지 않습니다.

그림 설명

그는 신성한 두 개의 열쇠 사이에 유골을 안치해 두었습니다. 태어나서 한 번도 죄를 짓지 않은 어린아이의 유골입니다. 그는 신성한 성수로 아이의 유골을 적시고 있습니다. 제단 주변은 붉은 꽃으로 가득합니다. 황금 날개의 천사는 교황의, 등 뒤에서 그를 지켜보고 있습니다. 또한 방은 전설 속의 동물들의 형상으로 가득 채워져 있습니다. 이곳은 제사장이 아니면 아무도 들어올 수 없는 비밀스러운 공간입니다.

VI. THE LOVERS 연인들

Innocent

- 순결한, 순수한 채로 남아있고자 하는 사랑의 약속.
- 사랑은 함께 하는 것.

- 소년과 소녀는 연인입니다. 그들은 아직 어리고 세상을 모르는 아이들입니다. 많은 것을 욕심내지 않고 작은 것에 감사하는 순수함을 가지고 있습니다. 그들은 현재 서로가 서로를 원하는 완전한 상태입니다. 연인이 두려워하는 것은 세상입니다. 상처 입히고 지치게 하는 것에서 그들은 멀리 떨어져야 합니다.

마을에 재앙이 닥쳤습니다. 안개는 마을을 잠식하고 있습니다. 사람들은 변해갑니다. 권력과 재물을 욕심내고 가진 것을 다른 사람들에게 자랑하고 싶어 합니다. 소년과 소녀는 모험을 시작하기로 합니다. 사랑을 지키기 위해서 떠나기로 한 것입니다. 그들도 알고 있습니다. 생각대로 되지 않을 수도 있습니다. 그래도 포기할 수는 없습니다. 시도해야 합니다.

사람들은 연인들을 '철이 덜든 어린애들' 이라고 부릅니다. 현실을 잘 모른다고 생각하기 때문입니다.

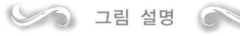

그림 설명

수련이 가득한 연못 위에 소년과 소녀가 배를 띄웠습니다. 그들에게 가장 소중한 것, 곰돌이와 장난감 칼이 배에 실려 있습니다. 곰돌이는 신의 가호를 위한 십자가를 안고 있습니다. 백조는 그들에게 위험이 닥치면 소리 높여 경고할 것입니다. 그들은 배 위에서 두 손을 꼭 잡고 기도하는 중입니다. 무사히 도착하기를, 그리고 두 사람의 사랑이 영원하기를 기도하는 것입니다.

VII. THE CHARIOT 전차

Uprise

– 전령사, 봉화, 지옥에서 찾아온 사람
– 두려움은 순식간에 찾아온다.

– 그가 가진 힘은 파괴적입니다. 그는 다른 존재에게 영향 받지 않습니다. 한번 결정한 것을 끝까지 진행하기 때문입니다. 판단하지 않고, 망설이지 않고, 후회하지 않습니다. 그는 시작하기 전에 가졌던 모든 것을 버린 상태입니다. 그는 어떤 것도 두려워하지 않습니다. 그는 확실한 목표를 가지고 있습니다. 목표를 방해하는 것은 모두 부숴버립니다.

소년과 소녀가 떠난 마을에 갑자기 재앙이 닥칩니다. 지진이 일어나고 마을은 폐허가 되어버립니다. 안개는 검은 덩어리로 변해 마을을 밤으로 만들었습니다. 이제 밤과 낮이 구분되지 않아 모든 것은 깜깜한 밤속에 가려졌습니다. 그 어둠 속에서 지옥의 불꽃을 싣고 온 전차가 폐허를 짓밟으며 나타납니다.

사람들은 이 징조가 '멸망의 징조'라고 생각합니다. 그 생각은 사실입니다. 그가 나타나면 기존의 것은 사라지기 때문입니다.

그림 설명

짙은 회색의 안개 사이로 까마귀가 날아다니고 있습니다. 그들은 폐허 속에 가득한 시체를 노리고 있습니다. 안개가 미처 덮지 못한 하늘에는 북두칠성이 빛나고 있습니다. 붉은 눈의 지옥견이 폐허를 짓밟고 서 있습니다. 파괴의 전차. 이것을 타고 있는 사람의 모습은 보이지 않습니다. 휘장으로 가려진 그의 얼굴은 보이지 않지만 전차가 몰고 온 활활 타오르는 불꽃은 선명하게 보입니다.

VIII. JUSTICE 정의

Hope

- 재판관, 기준, 모든 것을 알고 있는 사람.
- 법정의 문을 두들겨야 판결을 받을 수 있다.

- 그는 과거 속에 잊혀진 마을의 심판관입니다. 그는 악을 처단할 힘을 가졌고 옳고 그름을 판단할 지혜를 가지고 있습니다. 사람들은 마법사가 등장하기 전부터 문제가 생기면 그를 찾아왔습니다. 그는 법전으로 언제나 바른 답을 찾아주었습니다. 그는 단호하며 감정이 없는 재판관이었습니다. 그가 사람들에게 잊혀지기 전까지는 그는 마을에서 가장

큰 힘을 가지고 있었습니다.

그러나 사람들은 어느 날부터인가 그의 말을 우습게 생각하기 시작했습니다. 보이지 않는 눈으로 법전을 보는 것과 양의 뿔과 발굽을 가진 그의 모습을 비아냥거리기도 했습니다. 그가 왕도 아니므로 힘을 가지고 있지 않다고 주장하는 사람도 생겼습니다. 그에게 판결을 내려달라고 하고는 마음에 들지 않는다고 그를 모욕하는 사람들도 생겨났습니다. 그렇게 그는 잊혀졌습니다.

마을 사람들은 그를 세상살이는 모르는 '눈먼 사람'이라고 부릅니다. 사람들은 그가 눈이 없어도 모든 것을 잘 알고 있다는 것을 모르기 때문입니다.

그림 설명

나무뿌리는 거대하게 자라나 시간이 지나면 건물을 무너뜨릴 것으로 보입니다. 계단 아래에 서 있는 것은 양의 뿔과 팔다리를 가졌으나 얼굴은 인간의 것을 하고 있는 기이한 모습의 심판관입니다. 그의 제단 아래는 검은 뱀으로 가득 차 있고 그의 몸을 붙들고 있는 것도 푸른 뱀입니다. 심판의 도끼 또한 뱀이 차지하고 있습니다. 의복을 차려입고 천칭과 법전을 들고 있는 그는 처음부터 보이지 않았던 눈을 천으로 가리고 있습니다.

IX. THE HERMIT 은둔자

Avoid

– 현자, 예언자, 현실을 외면하는 사람.

– 희망이 항상 현실에 찾아오는 것은 아니다.

　–그는 설산의 은둔자입니다. 마을이 잘 보이는 곳에서 늑대들과 하루를 보내는 것이 그의 일과입니다. 그는 마을의 예언자이며 지혜를 나누는 스승이었습니다. 그는 꿈 속에서 계시를 받았습니다. 그러나 계시를 받은 그의 선택은 마을을 떠나는 것이었습니다. 예언의 내용을 사람들이 받아들이지 않을 것이라는 사실을 알고 있기 때문입니다.

마을 사람들은 그가 홍수를 예언하거나 가뭄을 준비하게 하자 처음에는 그를 위대한 사람이라고 떠받들었습니다. 하지만 사소한 것들, 예를 들면 출산할 아이가 딸인가 아들인가 하는 것들을 대답해주지 않자 실증내기 시작했습니다. 복권의 번호를 맞추거나, 재산이 불어날 것인지 예측하는 것은 은둔자에게는 중요하지 않았습니다.

마을 사람들은 그를 '예언자'라고 부릅니다. 그가 입 밖으로 내어 말한 것은 모두 실현되었기 때문입니다.

 그림 설명

눈이 쌓인 설산에 살고 있는 은둔자는 늑대들과 함께 스스로 빛을 내는 현자의 돌의 온기를 나누고 있습니다. 늑대들은 이빨과 손톱을 숨긴 채 온순하게 그의 손 아래에서 머리를 조아립니다. 추위를 막기 위해 옷으로 온몸을 감싼 은둔자는 눈으로만 먼 곳을 응시합니다. 동시에 그는 붉은 실로 장식된 지팡이를 손에 꼭 쥐고 있습니다. 그는 계속 숨어있을 생각입니다.

X. WHEEL OF FORTUNE 운명

Sudden

- 운명, 세상, 자신의 자리를 지키는 사람.
- 운명은 아직 정해지지 않았다.

- 마을을 둘러싼 숲의 외딴 곳. 안개도 침범하지 못한 맑은 물이 흐르는 곳이 있다는 전설이 있습니다. 그곳에는 황금으로 빛나는 물레 같기도 수레바퀴 같기도 한 것이 있는데 그곳에서 진심으로 소원을 빌면 누군가 나타나 소원을 들어준다고 합니다. 암벽과 폭포로 둘러싸인 곳이라 쉽게 찾을 수는 없다는 것이 전설의 내용 전부입니다.

사실 이곳은 마을에서 아주 가깝습니다. 숲으로 한 발짝만 들어오면 그들을 만날 수 있습니다. 그들이 전설이 된 것은 사람들이 숲을 두려워했기 때문입니다. 한때 사람들이 나무를 베어버리고 숲을 없애버리려고 한 적이 있었습니다. 그때 숲은 스스로 살아남아 번성하였고 이를 두려워 한 사람들이 숲에서 멀어지고자 전설을 만들었습니다. 그렇게 소원을 들어주는 존재들은 사람들에 의해 의도적으로 잊혀지게 된 것입니다.

마을 사람들은 그들을 '운명의 4신' 이라고 부릅니다. 그들을 만나면 운명이 바뀌기 때문입니다.

 그림 설명

운명의 여신이 비늘로 만든 물의 옷을 입고 수레바퀴를 굴리고 있습니다. 그녀가 걸친 것은 불을 상징하는 웃옷입니다. 독수리와 사자 하얀 소와 여인 모두 세상을 상징하는 것들입니다. 수레바퀴는 천천히 시계방향으로 돌면서 세상에 맑은 물을 흘려보내고 있습니다. 물은 그녀 자신입니다. 이곳의 풀은 싱싱하게 자라고 있습니다. 수레바퀴는 그들이 없어도 저절로 움직입니다. 자신의 자리를 지키는 것은 그들의 의무입니다. 누군가 자신의 운명을 찾아올 때를 위해 그들은 기다리고 있습니다.

XI. STRENGTH 힘

Self

– 야생의 사람, 조련사, 삶이 목적인 사람.

– 소신대로 밀고 나가는 것이 진짜 힘.

– 그는 산 속에 사는 사람입니다. 그의 집은 거친 바위 속의 동굴이고 그의 친구는 동물들입니다. 그는 먹기 위해서만 사냥을 하고 산 속에서 먹을 것을 길러 혼자서 살아갑니다. 생존하기 위해 필요하지 않은 것은 소비하지 않습니다. 이것이 그가 자연과 살아가는 방식입니다. 그가 마을 사람들은 두려워하는 숲 속에서 오랜 시간 잘 살아올 수 있었던 것은

자연의 규칙을 이해하고 거스르지 않았기 때문입니다.

그는 이제 거대한 자연의 힘을 가진 존재입니다. 그가 자연을 받아들인 것처럼 숲도 그를 받아들여 하나의 구성원으로 인정하였습니다. 그는 자연과 하나가 되어, 야생에서 살아남을 수 있는 힘을 얻었습니다. 그는 강해지고 빨라졌습니다. 동물처럼 냄새를 잘 맡을 수 있고 그들의 본능을 가지고 있습니다. 그가 원하는 것은 살아남는 것입니다. 그 외에는 아무것도 원하지 않습니다. 마치 동물들처럼.

마을 사람들은 숲의 경계에서 그를 보면 '괴물'이 나타났다고 비명을 지르며 도망갑니다. 사람들의 눈에는 이제 그가 인간으로 보이지 않기 때문입니다.

그림 설명

멧돼지를 타고 곰의 옷을 입은 소년은 사냥거리를 찾기 위해 험준한 산을 달리고 있습니다. 절벽에서 떨어지는 돌이 그를 방해하지만 그는 눈 하나 깜짝하지 않습니다. 그의 팔꿈치와 다리가 돌과 나무에 찢겨 피를 흘리고 있습니다. 높은 산은 척박하고 위험하지만 마을에서 이상한 안개가 침범하지 못한 유일한 장소입니다. 그의 삶은 항상 똑같습니다. 살아남기 위해 노력하는 사람을 방해할 수 있는 것은 없습니다.

XII. THE HANGED MAN 매달린 남자

Daydream

– 몽상가, 노예, 희생을 강요당하는 사람.

– 희망은 꿈꾸는 자에게 주어진다.

– 그는 곡예사입니다. 인간의 한계를 극복하는 모습을 보여주는 사람입니다. 오랜 시간 동안 연습해야 가능한 기예를 펼치는 사람이 되기 위해 그는 어린 시절부터 쉬지 않고 노력해왔습니다. 그는 다른 일을 하고 싶어 하지 않습니다. 아니, 생각해 본 적도 없습니다. 매일 매일을 훈련으로 채워나가는 일이 그에게는 당연한 일입니다. 그는 자신이 이 일을

위해 태어났다고 생각합니다.

사람들은 분장으로 만들어진 그의 기괴한 외모를 손가락질하며 소리를 지르지만 그가 춤을 추기 시작하면 숨을 죽이고 그의 몸짓 하나하나에 집중합니다. 사람들은 그가 곧 끊어질 것처럼 가는 줄에 매달려 춤을 추는 동안 혼을 빼앗겨 버립니다. 사람들을 위해 그가 공연하는 것이 아니라 그를 위해 사람들이 모여든 셈이 됩니다.

마을 사람들은 그를 '매달린 자'라고 부릅니다. 그가 분장을 지우고 땅에 내려온 것을 본 사람이 없기 때문입니다.

 그림 설명

그는 곡예사입니다. 중력을 느끼지 않는 것처럼 줄에 매달려 춤을 춥니다. 그는 마치 물고기처럼 공기 속을 헤엄칩니다. 그는 흔들리는 화려한 비단 휘장을 움직이는 파이프의 음악에 맞추어 춤을 추지만 관객을 보고 있지 않습니다. 그는 꿈을 꾸는 중입니다. 곡예사는 바다에서 헤엄치고 싶어 합니다. 그는 여기에 있지만 그의 정신은 다른 곳을 여행하는 중입니다. 그는 떨어지면 죽을 지도 모른다는 사실에는 관심이 없습니다.

XIII. DEATH 죽음

Lurk

- 사신, 숨겨진 것, 도사리고 숨어있는 사람.
- 죽음보다 도적처럼 찾아드는 것이 더 무섭다.

- 그는 죽음입니다. 그조차도 죽음에서 자유롭지 못하다는 것은 아이러니입니다. 이 마을이 그런 곳입니다. 어쩌면 세상 자체가 원칙대로 흘러가는 것이 아닐지도 모릅니다. 그래서 운명은 정해져있지 않다고 말하는 것이겠지요. 사람들이 가장 두려워하는 죽음이 자유를 잃고 단두대 앞에 서 있습니다. 이것은 지배자의 종말입니다. 세상에 존재하는 모

든 것은 결국에는 끝이 나게 됩니다. 죽음에도 끝이 있습니다.

　사람들은 말로는 죽음을 두려워하지만 언제든지 죽음이 찾아올 수 있다는 것은 까맣게 잊은 채 살아갑니다. 죽은 후에 살면서 지은 죗값을 치르게 되거나 남겨둔 사람이 빚을 갚아야 하는 것은 생각하지 않는 것처럼 행동하는 것입니다. 죽음이 두려운 것은 그 때문입니다. 언제 올지 알 수 없는, 죽음이 찾아온 후의 일들은 스스로 책임질 수 없기 때문입니다.

　마을 사람들은 어느 순간부터 죽음이 찾아오지 않고 있다는 것을 모르고 죽음을 '저승사자' 라고 부르며 피하려고 합니다.

그림 설명

　까마귀가 붉게 물든 불길한 하늘을 날아다닙니다. 그들은 급히 날아오느라 검은 깃털을 흩날리고 있습니다. 교수대 위에 매달린 것은 죽음입니다. 그의 거대한 낫은 피가 흥건한 채로 바닥에 놓여있습니다. 까마귀의 깃털을 밟고 토끼가 서 있습니다. 토끼는 처형시간을 확인하려는 듯 심각한 표정으로 집중하고 있습니다. 죽음의 눈은 텅 비어 보입니다. 죽음은 사형될 것입니다.

XIV. TEMPERANCE 절제

Bottle
- 자신감, 극한상황, 균형을 잘 잡는 사람.
- 극한 상황에서도 흔들리지 않는 자신감.

- 그녀는 두려워하지 않습니다. 그녀가 곡예단원으로 성장하는 과정은 죽음과 맞닿아 있는 위험한 일의 연속이었습니다. 불에 뛰어들어야 했고 날카로운 이빨을 가진 괴물의 입 안으로 머리를 넣어야 하는 일도 있었습니다. 물로 가득 찬 어항 안에서 숨을 참고 자물쇠로 잠긴 상자를 열고 탈출하는 묘기를 배우기 위해서 그녀는 몇 번이나 숨이 막혀 죽을

뻔 했습니다.

사람들은 점점 더 그녀가 위험한 묘기를 부리기를 원합니다. 처음에는 높은 줄 위에서 재주만 부려도 환호하던 사람들이었습니다. 이제는 불이 활활 타오르는 장애물을 뛰어넘어도, 대포알 대신 그녀를 쏘아 올려도 재미없다는 듯이 반응합니다. 이제 그녀는 아슬아슬한 줄에 묶여 입만 벌리면 그녀를 삼켜버릴 것 같은 괴물과 함께 공연을 합니다. 그 정도는 되어야 사람들이 만족하기 때문입니다.

마을 사람들은 계속 새로운 것을 원합니다. 그래서 그녀가 계속 '신기한 사람'이길 바라는 것입니다.

그림 설명

그녀는 공기처럼 가볍고 바람처럼 날랜 곡예사입니다. 칼 끝 위에서도 균형을 잡을 수 있을 만큼 완벽한 기술을 가지고 있습니다. 날카로운 바늘이 달린 그녀의 신발은 그녀의 파트너를 상처 입히지 않습니다. 그녀는 몸을 비틀어 위험한 자세를 취하면서도 실수하지 않습니다. 금줄은 그녀를 지탱하고 있지 않습니다. 그녀는 공기 중에 떠 오른 것과 같이 가볍고 자유로운 상태입니다.

XV. THE DEVIL 악마

Charm

– 악마, 아름다운, 매력적인 사람

– 보이는 것과는 다르다.

– 그녀는 매우 아름답습니다. 그녀가 가진 흑단 같은 검은 머리와 흠집 하나 없는 피부는 그녀를 매력적으로 보이게 합니다. 그녀는 자신이 사람들 보기에 아름답다는 것을 잘 알고 있습니다. 그녀의 존재이유가 바로 그것입니다. 사람들이 그녀에게 빠져들게 하는 것은 그녀가 가장 중요하게 여기는 것입니다. 그녀의 능력은 외모를 통해 발현되는 아름

다음입니다.

사람들은 그녀의 아름다움에 속아 그녀가 좋은 사람이라고 생각합니다. 외모와 마음은 같은 것이 아닌데도 그녀가 하는 일이라면 판단하지도 않고 찬성하거나 망설이지 않고 그녀를 돕는 것입니다. 그녀가 부탁하지 않아도 사람들은 그녀의 발아래에 뱀처럼 엎드려 그녀가 그들에게 명령하기를 원합니다. 그녀가 아름답기 때문입니다. 이처럼 사람들은 자신들의 눈에 속아 어리석은 판단을 내립니다.

마을 사람들은 그녀를 '매력적인 사람'이라고 부르며 친해지고 싶어합니다. 그녀가 그들에게 전혀 도움이 되지 않는다는 것은 알고 싶어 하지 않습니다.

 그림 설명

아름답고 어린 그녀의 한 팔에 감긴 것은 텅 빈 눈빛의 머리입니다. 화려한 의상을 입고 있는 아름다운 몸매는 그녀가 몇 살인지 가늠할 수 없게 합니다. 그녀의 주변은 뱀으로 가득하고 그녀를 둘러 싼 거울은 더 큰 뱀이 휘감고 있습니다. 그녀가 아닌 거울을 보아야 합니다. 거울은 그녀의 진짜 모습을 비추고 있습니다. 그녀가 가리고 있지만 거울에 비추어진 일부의 모습으로도 알 수 있습니다. 그녀의 진짜 모습은 보이는 것과 다릅니다.

XVI. THE TOWER 탑

Ruin

　- 파괴자, 반란, 믿음을 배반하는 사람.

　- 가장 안전하다고 생각하는 것이 무너지다.

　- 그는 한 때 모든 것을 품어주던 나무였습니다. 나이를 먹을 만큼 먹는 동안 사람들의 보살핌도 받았습니다. 신기하게도 바다 위에서 자라는 그를 사람들은 아끼고 보호해주었습니다. 다 자라나 왕의 별장이 가지 위에 지어졌을 때에도 그는 자랑스러워했습니다. 왕이 사는 집을 가진 나무는 세상에 하나뿐이기 때문입니다. 나무는 물이 아니라 사람들

의 사랑을 먹고 자라났습니다.

이상한 일들이 벌어지고 사람들이 환락에 빠져있는 동안 나무는 버려져있었습니다. 아무도 돌보지 않는 왕의 별장은 반쯤 무너져버렸습니다. 나무는 화가 났습니다. 그리고 그 분노로 움직일 수 있게 되었습니다. 나무는 사람들과 이야기하고 싶을 뿐입니다. 그러나 나무가 다가갈 때마다 사람들은 도망갑니다. 그래서 나무는 활활 타오르게 되었습니다.

마을 사람들은 이제 친절한 나무나 사랑스러운 나무가 아니라 그를 '재앙의 징조' 라고 부르고 있습니다.

 그림 설명

나무가 불타는 탑을 얹은 채 물 위를 건너 걸어오고 있습니다. 기이한 일입니다. 왕족이 별장으로 삼기 위해 얕은 바다 위에서 자라는 나무 위에 지었던 저택입니다. 안개 마을의 모든 것이 변하고 있습니다. 움직일 수 없는 나무들이 움직이며 사람들을 공격하기 시작했습니다. 새로운 괴물의 출현입니다. 이제 안전한 곳은 없습니다.

XVII. THE STAR 별

Prayer

- 희망, 길, 기도하는 사람.
- 나만 재앙을 피하고 싶어 하는 마음.

  - 안개마을을 떠나 온 지도 그녀의 머리 길이 만큼의 세월이 흘렀습니다. 그녀가 걸친 겉옷의 문양은 안개마을을 상징하는 빛나는 별입니다. 그녀가 안개마을을 떠나온 것은 예언 때문이었습니다. 지혜로운 사람 하나가 그녀의 어머니에게 그녀가 마을을 떠나 먼 곳으로 가야만 오래오래 행복하게 살 수 있다고 말해 주었습니다.

예언이 잊혀질 만큼 세월이 흘렀고 그녀의 어머니도 세상을 떠나 이제 안개마을에는 그녀를 기억하는 사람이 없지만 그녀는 안개마을을 생생히 기억합니다. 그녀는 안개마을의 소식을 들으며 자신이 떠나온 이유를 떠올렸습니다. 저주를 피하기 위해 떠나온 마을입니다. 먼 곳까지 저주가 따라오지 않도록 그녀는 기도해야 합니다.

마을 사람들은 그녀가 사라졌을 때 그녀가 별이 되었다고 생각했습니다. 그녀의 어머니가 그녀는 '별이 된 아이' 라고 말했기 때문입니다.

 ## 그림 설명

마을과 가까운 다른 마을의 사람들은 마을의 소식을 듣고 기도하기 시작했습니다. 안개마을의 재앙이 어서 끝나기를 빌고 있습니다. 마을 사람들은 별이 하나씩 떨어질 때 마다 안개마을이 무사하기를, 재앙으로부터 안전하기를 한 마음으로 기도하는 것입니다. 가장 열심히 기도하는 사람이 있습니다. 예전에 다른 마을로 시집온 안개마을의 소녀입니다. 그녀는 마을의 소란스러운 기도회를 벗어나 멀리 들판까지 나와 기도합니다.

XVIII. THE MOON 달

Rebirth

- 소문, 새로운 시작, 생명을 만드는 사람.
- 비밀스러운 사랑.

- 그녀는 죽음에서 다시 태어나는 존재입니다. 때가 되면 연어가 자신이 태어났던 강으로 회귀하듯, 태어났던 연못으로 돌아와 몸을 누이고 끝을 맞이합니다. 죽음에 대한 두려움은 없습니다. 시간이 다 된 초승달의 그녀가 가고나면 새로운 시간을 가진 보름달의 딸이 태어날 것이기 때문입니다. 그녀도 그렇게 어머니의 죽음을 먹고 태어난 존재입

니다.

사람들은 보름달이 뜨는 밤, 그녀가 죽음을 맞이하는 밤이 되면 하늘이 더 새카맣게 변한다고도 했고 달이 태양에 가린다고도 했습니다. 그것이 불길한 징조라며 피하기도 했습니다. 모두 사실입니다. 그녀가 죽음을 맞이하는 달이 지는 밤과 그녀의 딸이 완전한 생명이 되는 보름달의 밤은 이상한 존재들이 힘을 가지는 시간입니다.

마을 사람들은 그녀를 한 번도 본 적이 없지만 알고 있습니다. '다시 태어난 사람'은 그녀를 부르는 말입니다.

그림 설명

붉은 히비스커스가 연못을 가득 채우고 있습니다. 그녀의 시체가 떠오르자 하얀 수련은 모두 사라지고 붉은 히비스커스가 피어났습니다. 그녀는 누구나 알고 있지만 아무도 알지 못하는 사람입니다. 연못 위로 보이는 초승달의 형상은 붕괴되고 있습니다. 그녀의 몸 위에 보름달을 가진 그녀의 딸이 있습니다. 죽음과 탄생이 함께 하는 광경을 지켜보는 이는 아무도 없습니다.

XIX. THE SUN 태양

Flash

  - 섬광, 빛과 그림자, 모습이 바뀌는 사람.
  - 가장 밝은 빛 아래, 가장 어두운 그림자.

  - 그는 떠오르는 태양 아래에서 불타고 있습니다. 온몸으로 태양을 맞이하고 있는 그는 뱀파이어입니다. 그를 속박하고 있던 것들이 불타서 사라졌지만 그는 도망가거나 피하지 않고 빛을 받으며 타오르는 중입니다. 사람들은 그가 모든 일의 원인이며 안개마을이 점점 어두워지는 원인이라고 생각합니다. 그래서 그를 제물로 바치는 것입니다. 그의

몸에서 흐르는 피가 사람들처럼 붉은 색이라는 것은 아무도 눈치 채지 못하고 있습니다.

그는 사람들의 생각을 잘 알고 있습니다. 그가 이 자리를 피해도 더 이상 이전처럼 조용히 숨어 살 수는 없을 것입니다. 그는 변화를 택했습니다. 그의 몸이 부서지고 그는 변화하기 시작합니다. 그의 피가 닿은 자리에 검은 깃털들이 솟아납니다. 그의 등에도 검은 날개가 솟아납니다. 그가 악마라는 증거가 나타나기 시작했다고 사람들이 소리치고 있습니다.

마을 사람들은 그를 '뱀파이어' 라고 부르지만 그는 이제 태양의 상징이 되었습니다.

그림 설명

태양 아래에 불타고 있는 남자는 장미로 된 관을 쓰고 피를 흘리고 있습니다. 그는 마을의 흡혈귀로 태양 아래에 제물로 바쳐졌습니다. 흡혈귀를 없애면 모든 재앙이 사라질 것이라고 생각했기 때문입니다. 해가 떠오르자 그의 몸은 부서져 내리며 타오르기 시작했습니다. 사람들은 그의 마지막을 보지 않기 위해 자리를 떠났습니다. 그의 등에 날개가 돋아나고 있습니다. 그는 태양을 받아들인 새로운 존재로 태어났습니다.

XX. JUDGEMENT 판결

End

– 속죄, 피할 수 없는, 때를 맞이한 사람들.

– 더 이상 미룰 수 없는.

– 그들은 신이 보낸 천사들입니다. 마을의 위험을 막기 위해 내려온 천사들은 자신들 보다 강한 적과 싸우고 있습니다. 검은 안개가 마을을 잠식한 이후 많은 것들이 달라졌습니다. 천사들이 사람들을 구하기 위한 노력에도 불구하고 사람들은 얼마 남지 않았습니다. 이제 그들은 자신들의 안전을 걱정해야 합니다.

천사들도 파멸로 가는 사람들의 행동을 막을 수 없었습니다. 마을이 변해가는 동안 사람들은 현실을 회피하고 사치와 향락에 젖어 아무 것도 하지 않았습니다. 자신들의 죄를 타인에게 미루고는 잘못을 후회하지 않았습니다. 이제 그 값을 치룰 때가 왔습니다. 천사들 보다 나중에 온 무서운 자들은 천사들을 모두 없애고 사람들을 지옥으로 끌고 갈 것입니다.

마을 사람들은 '천사'들이 자신을 구원해준다고 믿었습니다. 구원은 자신들의 마음에서 시작된다는 것은 몰랐기 때문입니다.

 ## 그림 설명

마을은 뒤틀려있습니다. 비석은 마을 한가운데 굴러다니고 탑은 모두 무너졌습니다. 길을 알리는 표지는 길이 아닌 곳에 놓여있습니다. 종말로부터 사람들을 구하기 위해 나타났던 천사들은 더 힘센 자들에 의해 잡혀갑니다. 천사들도 강도와 폭행, 공포를 벗어날 수 없습니다. 희망은 없는지도 모릅니다. 신기한 것은 나무들은 아직도 푸르게 자라고 있다는 것입니다.

XXI. THE WORLD 세계

VALE

XXI. THE WORLD

Vale

- 환상, 꿈, 현실의 경계에 놓인 사람들.
- 언제든 다시 시작된다.

- 이제 잠에서 깨어나세요. 지금까지 당신이 본 것은 바로 이 수정구 속의 이야기입니다. 그저 꿈입니다. 불쾌했다면 잊어버리면 됩니다. 그래서 안개마을의 사람들은 그 뒤로 어떻게 살았는지 궁금합니까? 글쎄요. 당신이 상상하기 나름입니다. 다른 손님은 모두 멸망해서 가루가 되어버렸을 것이라고 하더군요. 그날은 황사가 있던 날이었습니다.

당신은 이 마을의 미래를 어떻게 상상하고 있습니까? 이것은 당신이 상상하는 대로 이루어지는 또 다른 세계입니다. 당신의 세계도 마찬가지입니다. 그 또한 누군가의 상상입니다. 그래서 예언가들이 많은 사람들에게 '상상하는 대로 이루어진다.' 고 조언하는 것이지요.

이 마을 사람들은 저를 '세계' 라고 부릅니다. 제가 모든 것을 신처럼 조종한다고 생각하기 때문이지요.

그림 설명

이것은 모두 수정구 속에 비치는 영상입니다. 마법사가 한 번씩 수정구를 쓸어내릴 때 마다, 이야기 속의 마을의 모습이 보입니다. 어린 연인이 배를 띄웠던 곳, 은둔자의 계곡, 세상을 지켜보는 운명의 수호자들. 수정구 속에서 물이 넘치기 시작하더니 안개마을의 것들이 세상 밖으로 밀려나오기 시작했습니다. 마법사의 모습이 어느새 운명의 여인으로 변해있습니다. 이곳은 수정구 안일까요, 수정구 밖일까요?

12가지 질문을 위한 22 카드의 답

는 카드를 이해해야 합니다. 카드를 이해하기 위해서는 카드가 질문에 따라 어떻게 해석되는지를 알아야 합니다.

여기서부터는 각 카드가 질문에 따라 어떻게 해석이 달라지는지 알 수 있도록 질문에 따라 달라지는 답을 보여드립니다. 동일한 카드라도 질문에 따라서 다양한 해석이 가능합니다. 뜻은 질문에 따라 변화하기 때문입니다. 카드를 공부할 때는 카드가 어떤 뜻을 가지고 있는지 알아야 합니다.

모든 뜻을 이해하고 나면 여러 장을 선택해 조합해 보세요. 더 다양한 이야기를 카드에서 읽어낼 수 있게 될 것입니다.

0. Fool

Q. 나는 재능이 있을까요? Q. 사람들은 나를 믿을까요? Q. 잘 될까요? Q. 내가 잘못한 것일까요? Q. 하고 싶은 것이 있는데 해도 될까요? Q. 언제쯤 금전 운이 좋아질까요? Q. 그(또는 그녀)가 나를 사랑할까요? Q. 시험에 합격할까요? Q. 새로운 인연이 생길까요? Q. 나는 무엇을 하면 좋을까요? Q. 관계를 회복할 수 있을까요? Q. 끝낼 수 있을까요?

Q. 나는 재능이 있을까요?

A. 두려움이 없는 것이 가장 큰 재능입니다. 실패해도 오래 마음에 두지 않는 태도가 재능을 뒷받침할 것입니다.

Q. 사람들은 나를 믿을까요?

A. 지금까지 쌓아놓은 것이 없으니 불안하게 생각하고 있습니다. 그러나 다른 대안이 없으니 믿을 수밖에 없습니다.

Q. 잘 될까요?

A. 결과를 판단하기에는 이릅니다. 이제 갓 시작했으니 앞으로의 미래를 가늠해 보려면 조금 더 기다려야 합니다.

Q. 내가 잘못한 것일까요?

A. 특별히 잘못한 것은 아니지만 지금 상황의 원인이 되는 것 중 하나를 제공하였다고 보아야 합니다. 직접적으로 영향을 준 것은 아니지만 사람들은 오해할 수 있습니다.

Q. 하고 싶은 것이 있는데 해도 될까요?

A. 살면서 일어나는 모든 일을 다 따져가며 결정해야 하는 것은 아닙니다. 흥이 생겼다면 도전해 보는 것도 좋습니다. 사람은 좋아하는 일을 해야 살아있다는 보람을 느낄 수 있습니다. 도전해 보세요.

Q. 언제쯤 금전 운이 좋아질까요?

A. 당분간은 금전 운이 좋아지는 시기가 아닙니다. 다행히 아슬아슬하게 파산만은 면할 것입니다. 수입이 늘어나는 속도보다 새로운 것에 빠지는 속도가 빨라서 생기는 일입니다. 바빠지면 돈을 쓸 시간이 없어 돈이 모이게 될 것입니다.

Q. 그(또는 그녀)가 나를 사랑할까요?

A. 잘 모릅니다. 아직 서로가 자신의 감정도 상대방의 감정도 확인한 상태가 아닙니다. 사랑으로 발전하기에 앞서 친해져야 하는 시기입니다.

Q. 시험에 합격할까요?

A. 앞으로 충분히 시간을 두고 준비한다면 결과는 나쁘지 않습니다. 먼 미래의 결과는 나쁘지 않습니다. 준비를 빨리 시작 할수록 결과는 더 좋아질 것입니다.

Q. 새로운 인연이 생길까요?

A. 주변을 돌아볼 여유를 가진다면 새로운 인연이 생기는 시기입니다. 옆도 뒤도 돌아보지 않는다면 못 보고 지나칠 수 있습니다.

Q. 나는 무엇을 하면 좋을까요?

A. 금방 그만두지 않을 만한 일을 찾는 다면 좋을 것입니다. 능력이 문제가 되는 것이 아니라 적응을 잘 못하는 것이 문제입니다. 노력에 따라 결과가 달라질 수 있다는 뜻입니다.

Q. 관계를 회복할 수 있을까요?

A. 아직 완전히 끝난 상황은 아닙니다. 상대방이 지켜보고 있으니 변화하는 모습을 보여주면 됩니다. 문제는 관계가 회복되더라도 불편한 마음이 편안해 지려면 많은 시간이 필요하다는 점입니다.

Q. 끝낼 수 있을까요?

A. 스스로 아깝다고 생각하기 때문에 쉽지는 않습니다. 하지만 끝내려면 지금이 기회입니다. 지금 끝내야 합니다

I. The Magician

Q. 나는 재능이 있을까요? Q. 사람들은 나를 믿을까요? Q. 잘 될까요? Q. 내가 잘못한 것일까요? Q. 하고 싶은 것이 있는데 해도 될까요? Q. 언제쯤 금전 운이 좋아질까요? Q. 그(또는 그녀)가 나를 사랑할까요? Q. 시험에 합격할까요? Q. 새로운 인연이 생길까요? Q. 나는 무엇을 하면 좋을까요? Q. 관계를 회복할 수 있을까요? Q. 끝낼 수 있을까요?

Q. 나는 재능이 있을까요?

A. 가장 큰 재능은 목표를 향해 나아가는 집중력입니다. 주변의 방해가 있다고 해도 한번 정한 것에 집중하는 능력은 다른 사람보다 섬세하고 뛰어난 결과를 가질 수 있게 할 것입니다.

Q. 사람들은 나를 믿을까요?

A. 사람들은 당신을 믿고 있습니다. 꾸준한 노력과 성실함을 인정하고 있습니다. 타인이 어떻게 보는가에 대해 신경 쓰는 건 그만!

Q. 잘 될까요?

A. 하던 대로 하면 잘 될 것입니다. 진리와 정의는 외로운 것이고 사람들은 과정이 아닌 결과만을 판단합니다. 그 과정은 끊임없는 시험과 함정의 연속입니다. 그러나 마지막에는 잘 될 것입니다.

Q. 내가 잘못한 것일까요?

A. 이유야 어떻든 누구도 자신의 편을 들어주지 않는 것은 좋지 못한 상황입니다. 내 기준대로는 아니어도 다수가 잘못이라고 말 한다면 원하는 대로 해주는 것이 낫습니다. 곧은 나무가 휘지 않으려고 버티면 부

63

러질 수 도 있으니까요.

Q. 하고 싶은 것이 있는데 해도 될까요?

A. 이미 시작한 것이 아닌가요? 당신은 마음이 하고 싶은 대로 하는 중입니다. 결과와 상관없이 의지를 굽힐 생각이 없기 때문에 주변이라는 장애물을 뛰어넘어야 합니다.

Q. 언제쯤 금전 운이 좋아질까요?

A. 단기간에 좋아지는 것은 아니지만 좋아지는 것은 확실합니다. 능력이 없는 것은 아니기 때문에 주변의 상황이 좋아지면 바로 평균이상으로 상승하기 시작할 것입니다.

Q. 그(또는 그녀)가 나를 사랑할까요?

A. 사랑하는 것은 맞습니다. 그는/그녀는 단 한 사람만 사랑하는 사람입니다. 또한 다른 곳에 한눈을 팔지 않는 한결같은 사람입니다. 그러나 그가/그녀가 지금 꼭 해야 할 중요한 일이 있다면 당신에 대한 사랑을 표현하지 않을 가능성이 있습니다.

Q. 시험에 합격할까요?

A. 충분한 노력을 한다면 합격하게 될 것입니다. 노력을 했는데도 성과가 없는 운은 아닙니다. 적당히 노력하는 것이 아니라 최선을 다해야만 합니다.

Q. 새로운 인연이 생길까요?

A. 과거의 인연이 마음속에서 사라지지 않는 이상 새로운 인연이 생기는 것은 어렵습니다. 아직 해결되지 않은 마음의 찌꺼기가 눈을 가리

고 마음을 붙들고 있습니다. 깨끗이 버려야 새로운 인연이 눈에 보일 것입니다.

Q. 나는 무엇을 하면 좋을까요?

A. 하고 싶어 하는 일을 쉽게 시작할 수 없다고 해서 포기한다면 영영 원하는 일을 할 수 없을 것입니다. 문은 계속 두들겨야 열립니다. 좋은 집일 수록 담은 높고 대문은 무겁습니다. 좋은 것이니 어려운 것입니다.

Q. 관계를 회복할 수 있을까요?

A. 회복할 수는 있지만 많은 시간과 노력이 필요할 것입니다. 간단하게 말로 해결될 수 있는 문제는 아닌 것 같습니다. 이럴 때는 기다리지 말고 찾아가야 합니다.

Q. 끝낼 수 있을까요?

A. 끝낼 수 있지만 상황에 따라 조금 다릅니다. 물질적인 트러블이라면 단칼에 끝낼 수도 있지만 감정적인 문제는 여러 번 시도해야 끝날 것입니다.

II. The High Priestess

Q. 나는 재능이 있을까요? Q. 사람들은 나를 믿을까요? Q. 잘 될까요? Q. 내가 잘못한 것일까요? Q. 하고 싶은 것이 있는데 해도 될까요? Q. 언제쯤 금전 운이 좋아질까요? Q. 그(또는 그녀)가 나를 사랑할까요? Q. 시험에 합격할까요? Q. 새로운 인연이 생길까요? Q. 나는 무엇을 하면 좋을까요? Q. 관계를 회복할 수 있을까요? Q. 끝낼 수 있을까요?

Q. 나는 재능이 있을까요?

A. 당신의 가장 큰 재능은 경청입니다. 타인의 말을 듣고 이해하는 능력은 많은 곳에서 발휘될 수 있을 것입니다. 여러 사람과 일하는 데 있어 가장 큰 재능을 가진 것입니다.

Q. 사람들은 나를 믿을까요?

A. 사람들은 당신의 직감을 믿기 때문에 의지하고 있습니다.

Q. 잘 될까요?

A. 잘 되지 않더라도 후회하지 않겠다는 마음이 있으니 결과는 상관없습니다. 목표를 이루어 내는 과정을 통해 만족하게 될 것입니다.

Q. 내가 잘못한 것일까요?

A. 당신이 잘못한 것이 아닙니다. 잘못을 한 사람은 따로 있습니다. 잘못을 저지른 사람은 상황을 해결할 수 없습니다. 지금의 불편한 상황을 견딜 수 있다면 지켜보세요. 시간이 지나면 해결됩니다.

Q. 하고 싶은 것이 있는데 해도 될까요?

A. 할 수는 있습니다. 그러나 상황과 환경이 도움이 되지 않아 원하는 결과까지 과정이 어렵습니다. 오래 걸릴 수도 있습니다.

Q. 언제쯤 금전 운이 좋아질까요?

A. 기본적인 금전 운은 나쁘지 않습니다. 금전관리에 있어서 선택과 집중을 하지 못하기 때문에 부족하다고 생각하는 것입니다. 돈은 한정되어 있습니다. 나 자신을 위해서 쓰기 시작한다면 점점 만족을 느끼게 될 것입니다.

Q. 그(또는 그녀)가 나를 사랑할까요?

A. 서로에 대해 끌림이 있고 관계가 시작되는 시기입니다. 아직 사랑은 아닙니다. 긍정적인 느낌을 가지고 있을 뿐입니다.

Q. 시험에 합격할까요?

A. 합격은 가능하지만 시험에 합격한다고 모든 것이 끝나는 것이 아닙니다. 시험에 합격하는 것은 시작일 뿐입니다. 원하는 것을 이루는 것은 조금 더 걸립니다.

Q. 새로운 인연이 생길까요?

A. 이미 새로운 인연이 있습니다. 이미 진행 중인 인연이 있는데 새로운 인연이 생기거나 두 개의 인연이 한꺼번에 시작되는 상황이 될 것입니다.

Q. 나는 무엇을 하면 좋을까요?

A. 지금은 무엇을 해야 할지 모르는 것이 아니라 아무것도 할 수 없는

기간입니다. 지금은 어떤 행동을 하기 보다는 나 자신에 대해서 검토하고 휴식을 취해야 하는 기간입니다.

Q. 관계를 회복할 수 있을까요?

A. 관계를 회복하는 것은 가능합니다. 아직 관계가 끊어지거나 영영 이별인 것은 아닙니다. 상대방도 관계를 회복시키고 싶어 합니다. 그러니 망설이다가 서로가 어색한 상황이 되지 않도록 받아줄 준비를 하고 기다리면 됩니다.

Q. 끝낼 수 있을까요?

A. 끝내는 것이 가장 어렵습니다. 진심으로 끝내려는 마음이 없을 수도 있습니다. 때가 중요한 것이 아닙니다. 의지가 중요합니다.

Ⅲ. The Empress

Q. 나는 재능이 있을까요? Q. 사람들은 나를 믿을까요? Q. 잘 될까요? Q. 내가 잘못한 것일까요? Q. 하고 싶은 것이 있는데 해도 될까요? Q. 언제쯤 금전 운이 좋아질까요? Q. 그(또는 그녀)가 나를 사랑할까요? Q. 시험에 합격할까요? Q. 새로운 인연이 생길까요? Q. 나는 무엇을 하면 좋을까요? Q. 관계를 회복할 수 있을까요? Q. 끝낼 수 있을까요?

Q. 나는 재능이 있을까요?

A. 당신은 돈을 가지고 활용하는데 특별한 재능을 가지고 있습니다. 기본적인 준비만 된다면 타고난 능력을 발휘하여 많은 돈을 벌 수 있을 것입니다.

Q. 사람들은 나를 믿을까요?

A. 믿고 따르는 사람들이 있습니다. 주변에 모여드는 사람도 있습니다. 그러나 나를 믿는 사람들을 내가 믿는 것은 모험입니다.

Q. 잘 될까요?

A. 목적한 것 중 하나는 이룰 수 있을 것입니다. 가지게 되는 것은 한 번에 하나. 모든 것을 한꺼번에 해낼 수는 없습니다.

Q. 내가 잘못한 것일까요?

A. 모든 것에는 양면이 있습니다. 반대편에서는 잘못이라고 생각하는 것이 당연합니다. 내편이야 잘못이 아니라고 말 할 것입니다.

Q. 하고 싶은 것이 있는데 해도 될까요?

A. 나 혼자만의 일이 아닙니다. 여러 사람이 관계된 일입니다. 신중을 기해야 합니다. 다수를 위해 어떤 선택이 좋은지 생각 해 보는 것이 좋겠습니다.

Q. 언제쯤 금전 운이 좋아질까요?

A. 금전 운이 나쁜 것은 아니나 돈이 더 필요한 상황인 것은 맞습니다. 쉽지는 않겠지만 나 이외의 사람에게 지출될 금액을 먼저 쓴다면 불편함이 줄어들 것입니다.

Q. 그(또는 그녀)가 나를 사랑할까요?

A. 사랑하는 것은 맞습니다. 그러나 다른 연인과는 원하는 바가 다릅니다. 키스하고 함께 시간을 보내는 그런 관계가 아니라 정신적인 파트너가 되기를 원합니다. 그것이 싫다면 무엇을 원하는지 직접 말해야 합니다.

Q. 시험에 합격할까요?

A. 합격하는 것은 어려운 일이 아닙니다. 운으로만 본다면 모든 것이 주어졌기 때문입니다. 머리가 무거운 것은 다른 이유가 있기 때문이 아닌가요? 시험이외의 일들 때문에 머리가 무거운 것은 합격하고 나면 모두 해결 될 것입니다.

Q. 새로운 인연이 생길까요?

A. 새로운 인연이 생기기를 원한다면 생길 것입니다. 그러나 인연을 원하지 않는다면 생기더라도 오래가지 않을 수 있습니다. 지금 원하는 것은 새로운 인연이 아니라 현재의 인연이거나 지나간 인연이 아닌가요?

Q. 나는 무엇을 하면 좋을까요?

A. 고민을 하는 이유는 주변의 도움이 없기 때문입니다. 지금 생각하고 있는 일이 해야 할 일이라는 것은 스스로도 잘 알고 있습니다. 도움을 쉽게 받을 수 없다고 해서 모두가 반대한다고 생각하는 것은 섣부른 판단입니다.

Q. 관계를 회복할 수 있을까요?

A. 나빠진 관계를 회복하는 것보다 새로운 관계를 만드는 것이 더 빠를 것입니다. 주도적으로 상황을 이끌어나가면 새롭게 관계를 형성할 수 있습니다.

Q. 끝낼 수 있을까요?

A. 끝내야만 하는 일입니다. 복잡한 상황이나 마음과는 달리 끝내는 것은 매우 간단합니다. 끝내고 나서도 아쉽다는 마음은 남아 괴로울 것입니다.

Ⅳ. The Emperor

Q. 나는 재능이 있을까요? Q. 사람들은 나를 믿을까요? Q. 잘 될까요? Q. 내가 잘못한 것일까요? Q. 하고 싶은 것이 있는데 해도 될까요? Q. 언제쯤 금전 운이 좋아질까요? Q. 그(또는 그녀)가 나를 사랑할까요? Q. 시험에 합격할까요? Q. 새로운 인연이 생길까요? Q. 나는 무엇을 하면 좋을까요? Q. 관계를 회복할 수 있을까요? Q. 끝낼 수 있을까요?

Q. 나는 재능이 있을까요?
A. 당신은 다른 재능도 많이 갖고 있지만 가장 큰 재능은 리더쉽 Readership 입니다. 적재적소適材適所에 사람들을 배치하고 능력을 발휘하도록 돕는 재능이 있습니다.

Q. 사람들은 나를 믿을까요?
A. 사람들은 당신을 믿고 의지합니다. 사람들은 당신을 따르고 있습니다. 부담스럽다면 지금이라도 대신 할 사람을 골라 키워야 할 것입니다.

Q. 잘 될까요?
A. 미래의 전망은 밝습니다. 충분한 능력도 중요하지만 지지해주는 주변세력이 충분하기 때문에 성공가능성이 높습니다. 분위기를 믿고 게을러지지만 않는다면 나쁘지 않습니다.

Q. 내가 잘못한 것일까요?
A. 큰 것을 위해 작은 것을 희생한 것이라면 어느 한 쪽은 잘못이라고 말해도 어쩔 수 없는 일입니다. 선택에는 언제나 반대편이 있는 법입니다.

Q. 하고 싶은 것이 있는데 해도 될까요?

A. 할 수는 있습니다. 시간과 마음의 여유가 있다면 가능합니다. 여유가 없다면 다시 한번 생각해야 합니다. 좋아하는 일도 상황이 어려우면 싫어지게 됩니다. 당신은 싫어지면 포기하는 사람입니다.

Q. 언제쯤 금전 운이 좋아질까요?

A. 기본적인 금전 운이 나쁜 편이 아닙니다. 금전운은 금방 상승할 것이나 타인에게 소비되는 돈을 줄인다면 더 빨리 좋아질 것입니다.

Q. 그(또는 그녀)가 나를 사랑할까요?

A. 과거부터 진행된 관계라면 사랑하는 마음이 있습니다. 시작된 지 얼마 되지 않은 관계라면 조금 더 노력해야 상대방의 마음을 빼앗을 수 있을 것입니다.

Q. 시험에 합격할까요?

A. 계획대로 된다면 시험에 합격하는 것은 어렵지 않습니다. 계획을 방해하는 것들을 하나하나 제거해야 할 것입니다. 한꺼번에 되는 것이 없다는 것을 기억해주세요. 한 번에 하나입니다.

Q. 새로운 인연이 생길까요?

A. 새로운 인연보다는 과거의 인연을 소중히 여기는 것을 추천합니다. 헤어진 관계라고 해도 돌아올 가능성이 있는 운입니다. 과거에서부터 진행 중인 연인이 있는 경우는 새로운 인연에 방해로 작용합니다.

Q. 나는 무엇을 하면 좋을까요?

A. 리더가 되어있다면 그만두기는 쉽지 않습니다. 반대로 되고 싶다

면 쉽게 리더가 될 수 있습니다. 당신 스스로가 앞장서서 모든 것을 해결해야 하는 운입니다. 가족을 부양하고 친구들을 이끌어야 합니다.

Q. 관계를 회복할 수 있을까요?

A. 관계는 자연스럽게 회복될 것입니다. 그대로 있어도 좋습니다. 누구나 안하던 행동을 하면 실수를 하는 법입니다. 어설프게 손을 내미는 것보다 조용히 기다리는 것이 원래의 스타일 아닌가요?

Q. 끝낼 수 있을까요?

A. 끝낼 마음이 없는 것이 문제입니다. 포기하지 않는 의지는 좋은 것입니다. 그 의지를 내려놓지 않는다면 끝나지 않을 것입니다.

V. The Hierophant

Q. 나는 재능이 있을까요? Q. 사람들은 나를 믿을까요? Q. 잘 될까요? Q. 내가 잘못한 것일까요? Q. 하고 싶은 것이 있는데 해도 될까요? Q. 언제쯤 금전 운이 좋아질까요? Q. 그(또는 그녀)가 나를 사랑할까요? Q. 시험에 합격할까요? Q. 새로운 인연이 생길까요? Q. 나는 무엇을 하면 좋을까요? Q. 관계를 회복할 수 있을까요? Q. 끝낼 수 있을까요?

Q. 나는 재능이 있을까요?

A. 당신은 타인을 이해시키는 능력을 가지고 있습니다. 어려운 것을 쉽게 설명하는 방법을 알고 있어 힘을 들이지 않고도 내가 원하는 방향으로 마음을 바꾸게 할 수 있습니다.

Q. 사람들은 나를 믿을까요?

A. 사람들은 당신을 믿을 수밖에 없지만 그 마음을 이용해서는 안 됩니다. 의도를 가지는 순간 믿음은 깨어지기 시작합니다. 믿음은 연약한 것이어서 쉽게 사라질 수 있습니다.

Q. 잘 될까요?

A. 다수가 관련된 일이라면 잘 될 것입니다. 혼자만의 일이라면 해야 할 일을 외면하고 있지 않은지 검토해야 합니다. 회피하고 있지 않다면 잘 될 것입니다.

Q. 내가 잘못한 것일까요?

A. 잘못한 것은 아닙니다. 시간이 지나면 오해는 풀리고 상황은 좋아질 것입니다. 지금은 조용히 때를 기다려야 할 시기입니다.

Q. 하고 싶은 것이 있는데 해도 될까요?

A. 하고 싶은 것을 하기 이전에 해야 할 일을 해야 할 때입니다. 두 가지가 같은 것이 아니라면 해야 할 일을 먼저 해야 하고 그 다음에 하고 싶은 일을 하면 됩니다.

Q. 언제쯤 금전 운이 좋아질까요?

A. 준비가 끝나지 않았고 결과가 나오려면 시간이 필요하다는 것을 잘 알고 있습니다. 시간은 앞으로도 좀 더 걸릴 예정입니다.

Q. 그(또는 그녀)가 나를 사랑할까요?

A. 좋아하는 것은 맞습니다. 그(또는 그녀)는 내성적인 성격이라 고백을 받거나 사랑표현을 듣게 될 때까지 오래 기다려야 하기 때문에 인내심이 필요합니다. 기다리다 지쳐 화를 내지 않도록 합시다.

Q. 시험에 합격할까요?

A. 첫 응시에 합격하기는 힘들지만 다섯 번 이내에는 합격하게 될 것입니다. 한 번에 합격하는 운은 아닙니다. 준비 과정 중에 한눈을 팔거나 딴 짓을 하지 않는다면 더 빨리 합격할 수도 있습니다.

Q. 새로운 인연이 생길까요?

A. 예정된 인연이 있습니다. 당장은 아닙니다. 시기가 봄이라면 가을. 여름이라면 겨울쯤이 됩니다. 지루하겠지만 기다려야 하는 시기입니다.

Q. 나는 무엇을 하면 좋을까요?

A. 지금은 나의 고통이나 생각을 이야기할 때가 아니라 가까운 사람

들의 이야기를 들어주어야 할 시기입니다. 들어주고 나면 사람들의 귀가 열릴 것입니다.

Q. 관계를 회복할 수 있을까요?

A. 많은 노력을 할 가치가 있는지 먼저 판단해야 합니다. 앞으로 오랜 시간동안 많은 노력을 하더라도 회복하고 싶은 관계라면 뜸들일 필요 없이 지금부터 행동에 돌입해야 합니다. 가치가 없다고 생각된다면 잊어버리세요. 땀과 노력을 다른 곳에 사용한다면 더 좋은 결과가 생길 테니까요.

Q. 끝낼 수 있을까요?

A. 지금까지 망설인 것을 아쉬워하지 않는다면 빨리 끝낼 수 있습니다. 아까운 마음에 과거를 되새겨 보는 마음을 멈추는 순간 끝나게 됩니다.

Ⅵ. The Lovers

Q. 나는 재능이 있을까요?

A. 당신은 함께하는 사람의 능력이 발휘되도록 끌어올려주는 최고의 파트너의 재능을 가지고 있습니다. 행운을 가진 마스코트로 사랑받을 것입니다.

Q. 사람들은 나를 믿을까요?

A. 믿음직하지는 않지만 차마 반대할 수 없기 때문에 거부하지 않습니다. 그러나 정말 중요한 일이라면 결정을 맡기지 않을 수도 있습니다.

Q. 잘 될까요?

A. 결국에는 잘 될 것이지만 과정은 험난할 수도 있습니다. 주변상황을 꼼꼼하게 점검하여 완벽하게 파악하고 있어야 합니다.

Q. 내가 잘못한 것일까요?

A. 서로가 서로에게 잘못한 것이라서 누가 혼자서 책임질 수는 없습니다. 마음에 걸리는 부분이 있다면 그 부분만 인정하고 사과하면 해결의 실마리가 될 것입니다.

Q. 하고 싶은 것이 있는데 해도 될까요?

A. 정말 좋아하는 일은 먼 길을 돌고 돌아 오랜 시간이 지나도 하게 됩니다. 그 일을 하는데 시간이 얼마나 걸리는가에 따라 결과가 달라집니다. 1년 이내라면 가능합니다.

Q. 언제쯤 금전 운이 좋아질까요?

A. 좋아하는 것이 많기 때문에 금전운이 나아지기는 힘이 듭니다. 돈은 자신만을 좋아하는 사람에게 머물기 때문입니다.

Q. 그(또는 그녀)가 나를 사랑할까요?

A. 내가 좋아하는 만큼 상대방도 좋아하는 마음을 가지고 있습니다. 사랑의 크기가 누가 더 많이 사랑하는가는 중요하지 않습니다. 사랑의 크기는 변화합니다. 사랑의 크기가 고정되어있지 않기 때문에 양쪽을 오가게 되는 것입니다. 사랑은 균형이 아닙니다.

Q. 시험에 합격할까요?

A. 합격할 가능성이 높습니다. 이제 꽃이 피고 봄이 올 것입니다. 합격하고 나면 새로운 인생이 시작될 것입니다.

Q. 새로운 인연이 생길까요?

A. 사랑받고 사랑할 수 있는 인연이 생길 것입니다. 지금으로부터 6개월 이내에 연인으로 발전하게 될 수 있는 운입니다. 과거에 연연하지 않는다면 아름다운 연인이 될 것입니다.

Q. 나는 무엇을 하면 좋을까요?

A. 타인의 의견에 떠밀려서 좋아하지도 않는 일을 하는 것은 그만. 의

무감으로 인내하는 것에도 한계가 있습니다. 한 순간도 머릿속을 떠나지 않는 생각을 현실에 옮길 때입니다.

Q. 관계를 회복할 수 있을까요?

A. 비온 뒤에 땅이 굳는 것처럼 관계는 더욱 돈독해질 것입니다. 지금은 운이 좋지 않다고 생각하세요. 시간이 약이 될 것입니다. 때가 되면 자연스럽게 함께하게 될 것입니다.

Q. 끝낼 수 있을까요?

A. 미련이 남아있다면 끝낼 수 없을 것입니다. 지금 겪는 마음의 불편보다 끝내고 나서 찾아올 상실감을 두려워하고 있는 것은 아닌가요?

VII. The Chariot

Q. 나는 재능이 있을까요? Q. 사람들은 나를 믿을까요? Q. 잘 될까요? Q. 내가 잘못한 것일까요? Q. 하고 싶은 것이 있는데 해도 될까요? Q. 언제쯤 금전 운이 좋아질까요? Q. 그(또는 그녀)가 나를 사랑할까요? Q. 시험에 합격할까요? Q. 새로운 인연이 생길까요? Q. 나는 무엇을 하면 좋을까요? Q. 관계를 회복할 수 있을까요? Q. 끝낼 수 있을까요?

Q. 나는 재능이 있을까요?

A. 당신은 남들보다 앞서갈 수 있는 능력이 있습니다. 주변상황에 영향을 적게 받기 때문에 실적이 우선되는 조직에서 좋은 평가를 받을 수 있습니다.

Q. 사람들은 나를 믿을까요?

A. 당신에 대한 약간의 의심은 있지만 믿으려고 노력하는 중입니다. 타인의 믿음보다 스스로 자신을 믿는 것이 중요합니다. 자신감을 가지고 결과를 향해 달려야 합니다.

Q. 잘 될까요?

A. 겁먹지 않는다면 잘 될 것입니다. 망설이는 동안 경쟁자는 더 앞서 나갑니다. 시간을 지체하면 결과에 영향을 미치게 됩니다. 걱정할 시간이 없습니다.

Q. 내가 잘못한 것일까요?

A. 자꾸 고민이 된다면 무언가 실수한 것이 있다고 보아야 합니다. 마음의 경고를 느끼고 있다면 잘못이 없다고 볼 수 없는 상황이므로 상대

방이 원한다면 잘못을 인정하는 것이 빠른 해결책입니다.

Q. 하고 싶은 것이 있는데 해도 될까요?

A. 시작했다면 어쩔 수 없지만 망설이는 마음이 있다면 정말 하고 싶은 일은 따로 있어서일 것입니다. 마음이 진짜가 아니라면 하지 않는 것이 좋습니다.

Q. 언제쯤 금전 운이 좋아질까요?

A. 일 년 정도면 손해 본 것을 회복 할 수 있습니다. 회복하고 나면 평균적인 수준에 도달하는 것은 금세 이루어집니다.

Q. 그(또는 그녀)가 나를 사랑할까요?

A. 당신은 그동안 너무 많이 노력했습니다. 잠시, 휴식할 것을 권합니다. 매력을 보여주기 위해 노력하거나, 희생하는 것을 멈추어야 합니다. 그래야 상대방도 사랑을 표현할 수 있습니다. 기다려야 마음을 표현할 수 있을 것입니다. 지금은 당신의 사랑이 더 큽니다.

Q. 시험에 합격할까요?

A. 합격하는 것은 정해진 운명입니다. 시간이 얼마나 필요한가에 따라 계획이 달라져야 합니다. 기본적으로는 전차는 목표에 도달하기 까지 멀지 않은 상황을 의미합니다. 평균적으로 일 년 내외 입니다.

Q. 새로운 인연이 생길까요?

A. 인연을 만드는 것은 어렵지 않습니다. 항상 내가 먼저 고백하고 사랑을 요구하는 것이 지겨워 이제 누군가 내가 해왔던 것처럼 나에게 해주길 바란다면 그것은 어렵습니다. 새로운 사랑을 한다고 사랑의 방식

도 바뀌는 것은 아니랍니다.

Q. 나는 무엇을 하면 좋을까요?
A. 당장 할 수 있는 것이 없다면 지금 상황에서 벗어나는 것도 좋은 방법이 될 수 있습니다. 여행을 떠나는 것도 좋을 것입니다.

Q. 관계를 회복할 수 있을까요?
A. 지금까지 상대방을 대해왔던 것처럼 한다면 관계 개선이 힘들 것입니다. 상황을 급하게 마무리 하려는 행동으로 인해 관계가 흔들립니다. 상대방을 기다리고 배려하는 진심어린 자세가 필요합니다.

Q. 끝낼 수 있을까요?
A. 이미 끝났거나 끝날 예정입니다. 마음먹는 순간 끝나버릴 것입니다. 오래 끌만한 문제가 아닙니다. 오랜 시간을 지체한 상황이라면 운이 아니라 마음속의 미련이 원인이라는 것을 스스로 알아야 합니다.

VIII. Justice

Q. 나는 재능이 있을까요?

A. 당신은 사람들을 믿게 만드는 재능이 있습니다. 특별히 말에 신뢰감이 있습니다. 객관성을 유지하려는 노력을 멈추지 않는다면 재능을 발휘 할 수 있을 것입니다.

Q. 사람들은 나를 믿을까요?

A. 사람들은 당신을 믿긴 하지만 좋아하진 않습니다. 이것은 앞으로 큰 문제의 발단이 될 수 있습니다. 불안한 기분이 되는 것은 이 때문입니다. 가능하면 당신을 피하고자 하는 사람들 사이에서 기분이 좋을 리가 없지 않나요?

Q. 잘 될까요?

A. 결과를 예측할 수 없는 상태입니다. 다수의 여론에 의해 결과가 바뀔 수 있다면 전망은 부정적입니다. 객관성이 없는 곳에서는 좋은 평가를 받기 힘듭니다.

Q. 내가 잘못한 것일까요?

A. 까다롭게 따져 본다면 문제가 생겼을 때 잘못이 없는 사람은 없습

니다. 다만 잘못의 크기가 서로 다를 뿐입니다. 억울한 생각이 들겠지만 작은 잘못도 잘못입니다.

Q. 하고 싶은 것이 있는데 해도 될까요?

A. 결정을 내린 상태입니다. 스스로의 결정을 의심하지 말고 밀고 나가야 할 때입니다. 의지를 시험하는 일이 일어난다고 해도 준비한 대로 하면 됩니다.

Q. 언제쯤 금전 운이 좋아질까요?

A. 적응의 시간을 의미하기 때문에 주변상황이 변화해야만 금전 운이 좋아질 수 있다는 뜻이 됩니다. 혼자서 노력한다고 바뀔 수 있는 상황은 아닙니다.

Q. 그(또는 그녀)가 나를 사랑할까요?

A. 상대방이 나를 좋아하면 나도 좋아해야지 하고 생각한다면 상대방을 좋아하는 것이 아닙니다. 상대방도 같습니다. 호감이 없는 것은 아니지만 아주 좋아하는 것은 아닙니다.

Q. 시험에 합격할까요?

A. 결과를 향한 기준에는 적합합니다. 시험을 볼 자격이 없거나 준비가 부족한 것은 아닙니다. 스스로 포기하지 않는다면 합격할 수 있을 것입니다.

Q. 새로운 인연이 생길까요?

A. 인연은 많지만 자신의 것이 아닐 수 있습니다. 인연은 짧은 찰나 같아서 바로 손에 쥐지 않으면 사라집니다. 망설이고 고민하는 사이에

바람에게 빼앗기지 않으려면 일단은 잡아야 합니다. 그래야 내 것이 됩니다.

Q. 나는 무엇을 하면 좋을까요?

A. 무엇을 할 수 있는 시기가 아닌 것은 맞습니다. 주변상황을 살펴야 하고 과거의 문제점을 되짚어보는 검토의 시기이기 때문입니다. 이런 시기는 보통 배움의 시기로 활용하는 것이 좋습니다. 학원에 등록하세요!

Q. 관계를 회복할 수 있을까요?

A. 잘잘못을 가린다면 관계는 회복되지 않습니다. 내 잘못은 인정하고 상대방의 잘못은 모른척하면 호감을 되찾을 수 있습니다. 장님인 척, 바보인 척 해야 합니다.

Q. 끝낼 수 있을까요?

A. 끝내고 나서 일어날 상황에 대한 점검이 끝났다면 할 수 있습니다. 의외의 상황이 벌어졌을 때 결정을 바꾸지 않으면 됩니다. 조심성이 많은 것이 때로는 방해가 될 수 있는데 바로 이런 때를 말합니다.

IX. The Hermit

Q. 나는 재능이 있을까요? Q. 사람들은 나를 믿을까요? Q. 잘 될까요? Q. 내가 잘못한 것일까요? Q. 하고 싶은 것이 있는데 해도 될까요? Q. 언제쯤 금전 운이 좋아질까요? Q. 그(또는 그녀)가 나를 사랑할까요? Q. 시험에 합격할까요? Q. 새로운 인연이 생길까요? Q. 나는 무엇을 하면 좋을까요? Q. 관계를 회복할 수 있을까요? Q. 끝낼 수 있을까요?

Q. 나는 재능이 있을까요?

A. 자신의 경험을 언어로 표현할 수 있는 재능을 가지고 있습니다. 혼자서 작업하는 시, 소설 등의 창작분야에 종사한다면 재능을 발휘할 수 있을 것입니다.

Q. 사람들은 나를 믿을까요?

A. 당신이 가진 과거의 나쁜 경험이 사람에 대한 경계심을 만들었습니다. 긴장하고 있으면 상대방도 불편하게 느끼게 됩니다. 내가 타인을 믿지 않는 것이 문제입니다. 의심이 가겠지요. 상대방은 특별한 생각이 없는 상태랍니다.

Q. 잘 될까요?

A. 이 고비만 넘기면 잘 될 것입니다. 지금이 가장 힘들고 어려운 시기입니다. 아마도 포기하고 싶은 마음이 클 것입니다. 이겨내야 합니다.

Q. 내가 잘못한 것일까요?

A. 가장 큰 잘못은 등을 돌려 떠나버린 것입니다. 상황을 포기하는 순간 모든 사람을 배신한 것입니다. 배신당한 것이 아닙니다.

Q. 하고 싶은 것이 있는데 해도 될까요?

A. 생각을 바꾸진 않겠지만 바꾸는 것을 추천해드립니다. 성공확률이 높지 않습니다. 모험을 할 때는 아닙니다. 하고 싶다면 또 다른 때를 기다려야 합니다.

Q. 언제쯤 금전운이 좋아질까요?

A. 시간상으로는 얼마 지나지 않아 좋아질 것입니다. 황금기가 오래 지속되도록 하려면 좋은 시기에 저축해야 합니다. 금전 운은 항상 바뀌기 때문입니다.

Q. 그(또는 그녀)가 나를 사랑할까요?

A. 상처받은 마음에 외면하고 싶지만 헤어지기에는 미련이 남아 궁금한 것이라면 말씀드리지요. 상대방은 사랑보다 현실이 우선입니다. 선택을 요구하면 버림받게 될 수도 있습니다.

Q. 시험에 합격할까요?

A. 합격할 것입니다. 시험이라는 것은 기칠운삼氣七運三이라고 합니다. 자신이 충분한 준비를 하고 자신감을 가지는 것이 칠이요. 때가 되어 하늘이 기다렸다는 듯이 도와주는 것이 삼이라는 뜻입니다. 곧 때가 될 것입니다.

Q. 새로운 인연이 생길까요?

A. 지나간 인연에 대한 미련이나 원망이 남아있다면 어렵습니다. 사람의 마음은 마음대로 되지 않아 훌훌 털어버리기가 힘이 들 것입니다. 급하게 생각할 필요는 없습니다. 연애에도 휴식기가 필요하답니다.

Q. 나는 무엇을 하면 좋을까요?

A. 과거로 돌아가지 않도록 노력해야 합니다. 같은 상황이 반복되는 것은 비슷한 행동을 하기 때문입니다. 달라져야 합니다. 생각과 반대로 해보면 어떨까요?

Q. 관계를 회복할 수 있을까요?

A. 이미 포기한 것을 회복한다는 것은 새로 시작하는 것 보다 어렵습니다. 깨어진 기간 동안의 상처와 감정이 남아있기 때문입니다. 다시 얻기 위해서는 더 큰 상처를 견뎌야 할 것입니다.

Q. 끝낼 수 있을까요?

A. 마지막까지 버틴다면 끝낼 수 있습니다. 흔들려서는 안 됩니다. 나쁜 일이 생기고 방해자가 강해질수록 끝이 가깝다는 뜻입니다. 할 수 있습니다.

X. Wheel of Fortune

Q. 나는 재능이 있을까요? Q. 사람들은 나를 믿을까요? Q. 잘 될까요? Q. 내가 잘못한 것일까요? Q. 하고 싶은 것이 있는데 해도 될까요? Q. 언제쯤 금전 운이 좋아질까요? Q. 그(또는 그녀)가 나를 사랑할까요? Q. 시험에 합격할까요? Q. 새로운 인연이 생길까요? Q. 나는 무엇을 하면 좋을까요? Q. 관계를 회복할 수 있을까요? Q. 끝낼 수 있을까요?

Q. 나는 재능이 있을까요?

A. 당신은 직감이 강하고 눈치가 빠른 편입니다. 이것은 타고난 본능적인 감각으로 어떤 일을 하더라도 도움이 될 것입니다.

Q. 사람들은 나를 믿을까요?

A. 지금은 믿음을 받는 시기 입니다. 때와 상황에 따라 다른 사람들의 태도 때문에 믿음을 얻지 못한다는 불만을 가질 수도 있습니다. 타인에게 받는 믿음은 일의 결과에 따라 달라진다는 것을 기억해야 할 것입니다.

Q. 잘 될까요?

A. 잘 될 거라고 흥분하는 주변 사람들이 이상하고 어색하게 느껴질 수 있습니다. 주변의 긍정적인 기운이 좋은 결과를 부른다는 것을 기억해주세요.

Q. 내가 잘못한 것일까요?

A. 운과 상황 때문입니다. 큰 잘못을 한 것은 아닙니다. 시간이 지나면 모든 것이 드러나고 실추된 명예를 회복하게 될 것입니다.

Q. 하고 싶은 것이 있는데 해도 될까요?

A. 시기와 때가 맞았으니 해야 할 때입니다. 이전에는 생각지도 못한 일을 새롭게 계획하고 있다면 운명의 힘이 작용하고 있기 때문입니다. 이것은 기회입니다. 잡는다면 좋은 결과를 만나게 될 것입니다.

Q. 언제쯤 금전 운이 좋아질까요?

A. 운이 나빠서 돈이 부족한 것은 아닙니다. 금전 운은 나쁘지 않은 상태입니다. 부족하다고 느낀다면 주변의 객관적인 평가를 받아 볼 필요가 있습니다. 문제는 금전 운이 아닐지도 모릅니다.

Q. 그(또는 그녀)가 나를 사랑할까요?

A. 그(또는 그녀)는 당신의 정해진 짝이고 운명이니 걱정하거나 의심하지 않아도 됩니다. 최고의 사랑은 서로가 아낌없이 주고받는 사랑입니다. 운명적인 사랑이 그런 것입니다.

Q. 시험에 합격할까요?

A. 오래 기다리던 때가 바로 지금입니다. 시험에는 합격할 것입니다. 합격은 시작입니다. 합격이 바탕이 되어 새로운 일들을 경험하게 될 것입니다.

Q. 새로운 인연이 생길까요?

A. 운명이 새로운 인연을 준비하고 있습니다. 이전에 만난 사람과 비슷한 사람과 만나게 될 수 있습니다. 잊혀진 기억 속에 완성되지 못한 인연이 남아있습니까?

Q. 나는 무엇을 하면 좋을까요?

A. 오래 고민을 하거나 망설이지 말고 지금 생각나는 바로 그 일을 하면 됩니다. 예전에 했던 일이나 하고 싶었지만 하지 못했던 일을 할 수 있는 기회입니다. 나중에 후회하지 않도록 도전해 보는 것을 권해드립니다.

Q. 관계를 회복할 수 있을까요?

A. 나의 사람들은 결국 돌아오게 됩니다. 내가 원하고 기다림을 멈추지 않는다면 내 앞에 나타나게 됩니다. 그것이 운명적인 끈을 가진 관계입니다.

Q. 끝낼 수 있을까요?

A. 모든 것에는 시작과 끝이 있습니다. 운명은 하나로 이어져 있어, 시간이 지나면 처음 그 순간으로 되돌아가게 됩니다. 끝내거나 다시 시작하거나 선택할 수 있습니다. 끝내기로 마음먹었다면 끝이 될 것입니다.

XI. Strength

Q. 나는 재능이 있을까요?

A. 당신이 가진 가장 특별한 재능은 순발력입니다. 한 번에 힘을 사용할 수 있기 때문에 지는 일보다는 이기는 일이 많습니다. 스포츠나 환율, 주식거래, 도박 등에 재능을 가지고 있을 가능성이 있습니다.

Q. 사람들은 나를 믿을까요?

A. 믿는 것이 아니라 참아내고 있는 중입니다. 지금 억압당하고 눌려있는 사람들은 언젠가는 힘을 길러 상황을 바꾸려고 할 것입니다. 그때야 알게 될 것입니다. 믿음은 강요할 수 없습니다.

Q. 잘 될까요?

A. 단시간이 필요한 일은 잘 해낼 수 있습니다. 힘이 넘치고 의욕이 충만합니다. 자신감이 넘치고 있을 때 재빨리 해내면 됩니다.

Q. 내가 잘못한 것일까요?

A. 상대방은 억울하게 당했다고 생각하고 있지만 객관적으로 봤을 때 잘못은 없습니다. 당신은 해야 할 일을 한 것 뿐입니다.

Q. 하고 싶은 것이 있는데 해도 될까요?

A. 주변의 반대가 있을 것입니다. 어려운 일이고 최선의 노력을 다 해야 가능성이 높아집니다. 대부분의 경우 시간과 노력을 얼마나 들였느냐에 따라 결과가 달라집니다.

Q. 언제쯤 금전 운이 좋아질까요?

A. 이제야 돈의 흐름을 이해하기 시작한 상황입니다. 금전 운은 한두 달 내로 좋아질 예정입니다. 상황을 판단하고 계획대로 움직이면 금전 운은 쓸만한 상태를 유지하게 될 것입니다.

Q. 그(또는 그녀)가 나를 사랑할까요?

A. 그(또는 그녀)의 감정은 사랑보다는 집착에 가깝습니다. 소유욕은 지나치면 관계에 좋지 못한 영향을 줄 수 있습니다. 그러나 연애 초기에는 이러한 감정이 관계가 발전하는데 도움이 될 수 있습니다. 사랑으로 향하는 과정의 하나입니다.

Q. 시험에 합격할까요?

A. 시험의 압박에 무너지지 않는다면 합격할 수 있습니다. 모든 것은 조절의 문제입니다. 적당히 하는 것이 중요합니다. 몸의 상태나 공부의 일정을 조정하는 것 모두 적정선을 유지하는 것이 중요합니다.

Q. 새로운 인연이 생길까요?

A. 이것은 겹치기 연애를 뜻하는 상황이기 때문에 애인이 있다고 하더라도 새로운 인연이 생긴다는 뜻입니다. 현재 사귀고 있는 사람이 없다면 두 명이 한꺼번에 생기게 될 수도 있습니다.

Q. 나는 무엇을 하면 좋을까요?

A. 현재로서는 포기하지 말고 끝까지 가는 것이 최선입니다. 멈춘다면 모든 것이 무너져 내릴 것입니다. 지금까지 해온 일들이 모두 헛고생이 됩니다. 어깨를 짓누르는 상황의 무게를 버텨내야 합니다.

Q. 관계를 회복할 수 있을까요?

A. 관계는 회복될 수 있지만 지나간 시간동안 만들어진 마음의 찌꺼기는 사라지지 않을 것입니다. 어쩔 수 없는 선택이었다고 해도 당한사람은 잊지 못하는 법입니다.

Q. 끝낼 수 있을까요?

A. 끝내는 것은 간단합니다. 목표에 집중하고 꼭 해야 찾아내 반복하면 일은 끝나게 됩니다. 쉽지만 쉽지 않은 일입니다. 생각이 방해가 될 수 있습니다.

XII. The Hanged Man

Q. 나는 재능이 있을까요? Q. 사람들은 나를 믿을까요? Q. 잘 될까요? Q. 내가 잘못한 것일까요? Q. 하고 싶은 것이 있는데 해도 될까요? Q. 언제쯤 금전 운이 좋아질까요? Q. 그(또는 그녀)가 나를 사랑할까요? Q. 시험에 합격할까요? Q. 새로운 인연이 생길까요? Q. 나는 무엇을 하면 좋을까요? Q. 관계를 회복할 수 있을까요? Q. 끝낼 수 있을까요?

Q. 나는 재능이 있을까요?

A. 사물의 근본을 향해 끝까지 파헤치는 집중력을 가지고 있습니다. 남들이 하지 않아 특별하고 취향에 맞는 분야를 선택한다면 최고의 전문가가 될 때까지 노력할 것 입니다.

Q. 사람들은 나를 믿을까요?

A. 사람들의 믿음과 지지를 받고 있다고 생각하면 행복하게 일할 수 있겠지만 현실은 반대입니다. 사람들은 큰 기대를 하고 있지 않습니다.

Q. 잘 될까요?

A. 스승이 없고 선배가 없는 일을 한다면 걱정이 앞서겠지만 시작을 준비하는 과정이 어렵지 진행과정은 순탄할 것입니다. 경쟁자가 적기 때문입니다. 잘 될 것입니다.

Q. 내가 잘못한 것일까요?

A. 그만 두었다면 잘못입니다. 그만두지 않았다면 당신의 잘못이 아닙니다.

Q. 하고 싶은 것이 있는데 해도 될까요?

A. 더 이상 마음대로 하는 것은 위험합니다. 앞에는 절벽 뒤에는 폭포의 상황. 시작한다면(시작했다면)누구에게도 도움을 받을 수 없다는 것을 기억하세요.

Q. 언제쯤 금전 운이 좋아질까요?

A. 기다리고만 있는 다고 재정상태가 회복되는 것은 아닙니다. 돈을 받을 곳이 있다고 해도 지금은 다른 방도를 찾아야 합니다. 취직을 하거나 아르바이트를 하는 것도 좋습니다. 이대로라면 파산할지도 모릅니다.

Q. 그(또는 그녀)가 나를 사랑할까요?

A. 확실히 사랑의 형태 중 하나입니다. 이것은 일방적인 한쪽의 사랑으로 균형을 갖춘 사랑은 아닙니다. 사랑하고 매달리고 있는 한 사람은 언젠가는 포기하게 됩니다. 사랑은 둘이 되어야 완벽해 지기 때문입니다.

Q. 시험에 합격할까요?

A. 이대로 노력한다면 합격하게 될 것입니다. 기간으로 보면 장기전을 뜻하기 때문에 단번에 합격하거나 짧은 기간을 준비해서 되는 것은 아니지만 충분한 시간동안 노력하면 합격한다는 뜻입니다.

Q. 새로운 인연이 생길까요?

A. 미련을 뜻하는 대표적인 카드입니다. 스스로의 손과 발을 묶어 시작할 수 없도록 만드는 것은 자신입니다. 아무도 방해하고 있지 않습니다. 내려놓아야 새로운 인연과 이어지게 됩니다.

Q. 나는 무엇을 하면 좋을까요?

A. 모든 것을 내려놓아야 합니다. 아직 완전히 벗어나지 못했기 때문에 혼돈스러운 것입니다. 돌아가지도 떠나지도 못한 상태입니다. 벗어나는 것이 우선입니다. 과거에서 완전히 떠나야 시작할 수 있습니다.

Q. 관계를 회복할 수 있을까요?

A. 아주 어렵지만 불가능한 일은 아닙니다. 자연스럽게 회복되는 것은 아니지만 완전히 인연이 끊어진 것도 아닙니다. 마음을 전달하는 것만을 목표로 삼으면 가능합니다. 과정이 힘들어 그만두고 싶어질 것입니다. 그만두지 않고 노력해야 관계를 회복할 수 있습니다.

Q. 끝낼 수 있을까요?

A. 끝내고 싶다면 지금이 좋은 때라고 볼 수 있습니다. 문제는 끝내고 싶다는 확고한 마음이 없다는 점입니다.

XIII. Death

Q. 나는 재능이 있을까요?

A. 이기는 재능을 가지고 있습니다. 경쟁자가 있어 누군가를 이기는 것이라면 승자가 될 것입니다. 반대로 선구자가 되는 것은 힘듭니다. 경쟁자가 없으면 의지가 생기지 않기 때문입니다.

Q. 사람들은 나를 믿을까요?

A. 믿는 것이 아니라 같이하고 싶지 않기 때문에 떠맡긴 것입니다. 좋은 결과를 이끌어 낸다고 해도 진심으로 축하하는 사람은 없을지도 모릅니다.

Q. 잘 될까요?

A. 결과와 상관없이 최선은 다 한 것에 만족해야 할 것입니다. 시간은 다 되었고 할일도 끝나갑니다. 노력했으나 이익은 내 것이 아닙니다.

Q. 내가 잘못한 것일까요?

A. 책임져야 하는 상황인 것은 맞습니다. 잘못을 하지 않았어도 책임져야 할 때도 있습니다. 그 자리에 있었기 때문입니다.

Q. 하고 싶은 것이 있는데 해도 될까요?

A. 하고 있는 일을 중단하고 새로 시작하는 것은 위험합니다. 중단해 버린 일이 새로 시작하는 것을 방해할 것입니다. 방해받고 싶다면 깔끔하게 처리해야 합니다. 그만 두더라도 깨끗하게 마무리 하는 것이 시작보다 먼저입니다.

Q. 언제쯤 금전 운이 좋아질까요?

A. 어려운 시기가 끝나가는 중입니다. 이제 금전운의 상승세가 시작될 것입니다. 마지막 하락의 시기가 끝나야 상승하게 됩니다. 이제 견뎌온 기간의 십 분지 일이 남았습니다.

Q. 그(또는 그녀)가 나를 사랑할까요?

A. 사랑은 끝났다고 보아야 합니다. 누군가는 마음을 내려놓은 상태입니다. 누가 먼저인가는 중요한 것이 아닙니다. 서로의 마음이 이제는 하나가 아닙니다.

Q. 시험에 합격할까요?

A. 시험결과와 상관없이 더 이상 공부를 지속하지 않게 될 것입니다. 이것은 환경적인 조건이 바뀌는 것으로 합격을 원한다면 이번이 마지막 기회입니다.

Q. 새로운 인연이 생길까요?

A. 새 인연을 원하는 건지, 이전 사람과 비슷한 사람을 원하는 건지 확실히 해야 합니다. 다른 사람이라면 만날 수 있습니다. 잡는다면 연애가 진행될 것입니다.

Q. 나는 무엇을 하면 좋을까요?

A. 해야 할 일이 너무 많은 상황입니다. 가장 빨리 끝낼 수 있는 일부터 해야 합니다. 다음은 가장 오래된 일입니다. 새롭게 일어난 신기한 일은 가장 마지막에 처리하는 것입니다.

Q. 관계를 회복할 수 있을까요?

A. 관계를 회복할 마음이 없는 것이 문제입니다. 이미 끝났다는 생각을 반복한다면 상황이 바뀌어 손 댈 수 없을 만큼 관계가 망가지게 됩니다. 이미 늦었는지도 모르겠습니다.

Q. 끝낼 수 있을까요?

A. 항상 끝내고 싶던 일입니다. 이미 손을 떠났다고 생각하지만 주변에서는 아직 아니라며 마음을 불편하게 합니다. 그러나 끝난 것이 맞습니다.

XIV. Temperance

Q. 나는 재능이 있을까요?

A. 여러 사람을 하나로 모으는 재능이 있습니다. 특히 의견조율에 강하기 때문에 정부 관료가 되거나 정치를 하는데 어울리는 재능입니다.

Q. 사람들은 나를 믿을까요?

A. 타인의 믿음은 얻을 수 있습니다. 혹시 스스로를 믿지 못하는 것은 아닌가요? 마음이 흔들리고 있는 것은 의심받고 있기 때문은 아닙니다. 원인은 자신입니다.

Q. 잘 될까요?

A. 처음부터 안전하고 오래 걸리는 길을 선택했기 때문에 금방 되는 것은 아닙니다. 그러나 실패할 만한 일도 아닙니다.

Q. 내가 잘못한 것일까요?

A. 엄밀히 따진다면 모두에게 잘못이 있습니다. 그런데 누가 사건의 도화선인가 생각해 보면 원인이 되기 때문에 원망을 들을 수도 있습니다. 의도한 것이 아니라고 해도 현재의 상황은 그러합니다.

Q. 하고 싶은 것이 있는데 해도 될까요?

A. 금전적으로는 아슬아슬하지만 문제가 생기지 않도록 버텨낼 수는 있을 것입니다. 더 좋은 시기도 있지만 지금이어야 한다고 생각한다면 시작하세요. 나쁘지 않습니다.

Q. 언제쯤 금전 운이 좋아질까요?

A. 지금은 여유가 많지 않은 상황이지만 시간이 지나면 나아집니다. 수익률이 높은 위험한 직업에 종사하고 있는 것이 아니기 때문에 한꺼번에 바뀌지 않고 금전 운이 천천히 상승하게 됩니다.

Q. 그(또는 그녀)가 나를 사랑할까요?

A. 이것은 친구와 연인사이에 중간에 놓인 상황이나 관계를 말하고 있습니다. 오랫동안 같은 상태가 지속되었기 때문에 변화를 만들기가 어렵습니다. 혹시나 관계가 깨질까 두려워하고 있는 것은 아닌가요?

Q. 시험에 합격할까요?

A. 시험에 합격하기까지의 단계를 10단계로 나눈다면 지금은 절반을 넘은 6이나 7정도의 위치에 서 있다고 보아야 합니다. 이번이 아니면 다음기회가 있습니다.

Q. 새로운 인연이 생길까요?

A. 새로운 인연은 원해야 생깁니다. 지금은 이성관계 이외의 일에 푹 빠져있습니다. 이성친구가 없다고 불행한 것이 아니라면 다음을 기약합시다.

Q. 나는 무엇을 하면 좋을까요?

A. 지금 하고 있는 일이 최선입니다. 귀가 얇아 다른 사람들의 성공이나 충고에 지나치게 흔들리는 것이 문제입니다. 심사숙고해서 결정한 지금의 일을 쉽게 포기한다면 후회하게 될 것입니다.

Q. 관계를 회복할 수 있을까요?

A. 아슬아슬한 긴장감은 지속될 것입니다. 편안한 관계가 되려면 많은 시간이 필요합니다. 나중이 되더라도 이전과 같지는 않습니다. 관계가 끝나버리지 않은 것에 감사해야 합니다.

Q. 끝낼 수 있을까요?

A. 끝내기는 어렵습니다. 나중에 후회하지 않을까 고민하느라 시간을 질질 끌고 있는 중입니다. 마무리는 단번에 해내야 하는 법입니다.

XV. The Devil

Q. 나는 재능이 있을까요?

A. 타고난 매력을 가진 것이 재능입니다. 매력을 발산 할 수 있는 여러 가지 직업에 종사한다면 능력을 더욱 키워나갈 수 있을 것입니다.

Q. 사람들은 나를 믿을까요?

A. 사람들이 당신을 믿는 것이 아니라 당신에게 홀려있다고 보는 편이 맞겠습니다. 사람들이 정신을 차리기 전에 빨리 상황을 마무리 짓는 것이 낫겠습니다. 시간이 중요합니다.

Q. 잘 될까요?

A. 내가 주도적인 일이라면 괜찮습니다. 반대로 다른 사람이 주도적인 일이라면 빠질 수 있는 마지막 기회입니다. 반드시 그만 두어야 합니다. 잘 되더라도 내 것이 아니기 때문입니다.

Q. 내가 잘못한 것일까요?

A. 알고 있으면서 우긴다고 달라지는 것은 없습니다. 잘못을 잘 알고 있으면서 억울한 척 한다면 미움을 받게 될 것입니다. 솔직해져야 합니다.

Q. 하고 싶은 것이 있는데 해도 될까요?

A. 실패를 두려워하지 않는다면 해도 됩니다. 주변상황을 고려하지 않는다면 고민할 이유도 없습니다. 지지자가 없다는 것은 당신에게 문제가 되지 않습니다. 돈은 없다가도 생기는 것입니다.

Q. 언제쯤 금전 운이 좋아질까요?

A. 간단합니다. 쓰지 않으면 됩니다. 수입이 적은 것이 아니라 적은 돈을 자주 쓰고 있기 때문에 티가 나지 않는 것뿐입니다. 사랑하는 것이 너무 많습니다. 줄여주세요.

Q. 그(또는 그녀)가 나를 사랑할까요?

A. 사랑이 큰 쪽이 질문자인 경우가 많습니다. 그러나 실망할 필요가 없습니다. 그 (또는 그녀)는 당신만을 바라보고 있습니다. 사랑한다는 뜻입니다.

Q. 시험에 합격할까요?

A. 시험만 준비하고 있다면 합격할 수 있지만 시험 준비 말고 다른 것을 함께하고 있다면 어렵습니다. 여러 가지 일을 한꺼번에 할 수 있는 재능이 있는 것은 아닙니다. 아무것도 하지 말고 시험준비에 전념해야 합니다.

Q. 새로운 인연이 생길까요?

A. 간절히 원하고 있다면 생길 수 있습니다. 시기도 좋아 평생의 인연으로 느껴지는 좋은 사람을 만날 수 있는 운입니다. 어쩌면 한 눈에 반할지도 모르겠습니다.

Q. 나는 무엇을 하면 좋을까요?

A. 다른 사람들의 기준으로 볼 때 황당한 일, 특이한 일을 하면 좋습니다. 지금은 현실에서 벗어나야 할 때입니다. 기분전환이 되는 일을 하는 것이 성격에도 맞고 새로운 재능을 찾을 수 있는 기회가 될 것입니다.

Q. 관계를 회복할 수 있을까요?

A. 정말 오래 기다릴 수 있다면 회복할 수 있습니다. 수년을 기다릴 수 있다면 가능하지만 기다릴 수 없다면 불가능합니다. 잠시 회복된 것처럼 보여도 얼마 지나지 않아 불편한 상황이 될 테니까요.

Q. 끝낼 수 있을까요?

A. 끝낼 수 없습니다. 어쩌면 지금의 상황을 즐기고 있는지도 모르겠습니다. 끝내고 싶은 마음이 없으니 상황은 계속 될 것입니다. 반대로 끝내고 싶지 않은 사람들 사이에 홀로 놓여있는 경우도 일은 끝나지 않습니다.

XVI. The Tower

Q. 나는 재능이 있을까요? Q. 사람들은 나를 믿을까요? Q. 잘 될까요? Q. 내가 잘못한 것일까요? Q. 하고 싶은 것이 있는데 해도 될까요? Q. 언제쯤 금전 운이 좋아질까요? Q. 그(또는 그녀)가 나를 사랑할까요? Q. 시험에 합격할까요? Q. 새로운 인연이 생길까요? Q. 나는 무엇을 하면 좋을까요? Q. 관계를 회복할 수 있을까요? Q. 끝낼 수 있을까요?

Q. 나는 재능이 있을까요?
A. 누구보다 강한 전투력이 있습니다. 상대방이 완전히 무너질 때까지 멈추지 않는 에너지가 바탕에 있습니다. 조직에 속해서 함께 일하는 것이 아닌 개개인이 각자 경쟁하는 일을 추천합니다.

Q. 사람들은 나를 믿을까요?
A. 지나온 과거가 사람들이 당신을 믿지 못하게 합니다. 이번만은 다르다는 말은 통하지 않습니다. 사람들은 성공을 바라지만 도와주고 싶어 하지 않습니다.

Q. 잘 될까요?
A. 그동안 포기했던 일의 나쁜 결과를 되짚어 보며 불안 해 하지 않기를 바랍니다. 이번 일은 또 다른 새로운 일입니다. 끝까지 하면 잘 될 것입니다.

Q. 내가 잘못한 것일까요?
A. 다수와 다른 선택을 하면 때에 따라 잘못이라고 질타 받는 경우가 생깁니다. 타인의 기준으로 보면 그러합니다. 스스로의 부끄러움이 없

으면 됩니다.

Q. 하고 싶은 것이 있는데 해도 될까요?

A. 모든 것을 포기하고 하고 싶은 일이라면 지금이 아니라고 해도 나중에 하게 될 것입니다. 그러나 지금 시작한다면 지금 가진 모든 것을 걸어야 합니다. 실패한다면 아무것도 남지 않을 것입니다.

Q. 언제쯤 금전 운이 좋아질까요?

A. 현재는 하락세가 지속될 예정입니다. 타인의 조언을 듣지 않는 독불장군으로 지낸다면 어려움이 계속될 것입니다. 주변의 조언을 귀를 열고 받아들여야 상황이 바뀌게 될 것입니다.

Q. 그(또는 그녀)가 나를 사랑할까요?

A. 모든 것을 걸고 사랑하는 것은 당신 쪽입니다. 내 생활을 버리고 친구를 버리고 그 사람에게만 매달린다고 사랑을 얻게 되는 것은 아닙니다. 서로의 마음에 균열이 생긴 것일지도 모릅니다. 시간이 지나면 상황은 해결됩니다.

Q. 시험에 합격할까요?

A. 시험에만 매달리기에는 상황이 어렵습니다. 현재의 어려운 상황을 해결하는 것이 먼저입니다. 준비를 하고 다시 도전하면 합격할 수 있을 것입니다.

Q. 새로운 인연이 생길까요?

A. 복잡한 기분을 전환하려고 이성을 만나고 싶은 것이라면 그러한 목적을 상대방도 느낄 수 있습니다. 연애는 간식꺼리나 심심풀이가 아

닙니다. 지금은 짧게 스쳐가는 인연만이 가능합니다. 상처만 받게 될 수 있습니다.

Q. 나는 무엇을 하면 좋을까요?

A. 아직은 시작을 할 수 있는 준비가 되어있지 않습니다. 지금은 지켜봐야 할 시기입니다. 때가 될 때까지 모든 것을 놓고 포기하지 않는 굳건한 마음이 필요한 시기입니다.

Q. 관계를 회복할 수 있을까요?

A. 사람과 사람의 관계는 쏟아진 물과 같아서 완전히 망가지면 되돌릴 수 없습니다. 되돌리기엔 너무 늦었습니다. 시간이 많이 지나면 사과의 기회는 주어집니다.

Q. 끝낼 수 있을까요?

A. 끝나는 순간이 기다려질 정도로 힘이 들지도 모르겠습니다. 거의 다 끝났습니다. 시간은 금세 지나갈 것입니다.

XVII. The Star

Q. 나는 재능이 있을까요?

A. 기록을 바탕으로 예측하는 것에 재능이 있기 때문에 관측, 예고, 도서관과 관련된 일에 종사한다면 재능을 발휘할 수 있을 것입니다.

Q. 사람들은 나를 믿을까요?

A. 거짓말을 하거나 부풀려 말하지 않기 때문에 신뢰하는 편입니다. 어울리지 않는 장난은 치지 않는 편이 좋겠습니다. 당신의 농담은 진담으로 들리니까요.

Q. 잘 될까요?

A. 행운의 별이 머리위에 있다고 해도 모든 것이 잘 되는 것은 아닙니다. 최소한의 노력을 잊지 않는다면 결과는 좋을 것입니다.

Q. 내가 잘못한 것일까요?

A. 잘못한 것은 아니지만 오해하도록 내버려두면 나중에 사과를 받게 될 것입니다. 지금은 증명하려고 하면 속이 비좁은 사람이 될 뿐입니다. 시간이 해결해 줍니다.

Q. 하고 싶은 것이 있는데 해도 될까요?

A. 오랫동안 고민한 일이라면 이제 시간이 되었으니 행동으로 옮길 때 입니다. 좋은 시기는 자주 오는 것이 아닙니다. 시기를 놓치면 나중에 후회하게 될 것입니다. 고민에 시간을 낭비하지 말고 움직여야 합니다.

Q. 언제쯤 금전 운이 좋아질까요?

A. 안정된 것은 아니지만 좋은 시기와 나쁜 시기가 반복되고 있기 때문에 예상이 가능합니다. 예상 하고 있는 시기부터 좋아지게 될 것입니다.

Q. 그(또는 그녀)가 나를 사랑할까요?

A. 짝사랑을 뜻하지만 시간이 지나면 서로 사랑하게 될 가능성을 가지고 있습니다. 포기하지 않고 노력하면 그 마음이 답이 되어 돌아올 것입니다.

Q. 시험에 합격할까요?

A. 그동안 운이 나빠서 커트라인 바로 아래에서 실패를 맛보았다면 이번에는 상황이 다를 것입니다. 노력한 것 보다 조금 더 좋은 결과가 기다리고 있습니다. 확실히 하기 위해서 마지막까지 노력해야 합니다.

Q. 새로운 인연이 생길까요?

A. 아직 이전 사랑의 흔적이 깨끗이 지워지지 않았습니다. 비슷한 사람만 봐도 마음에 바람이 분다면 새로운 인연을 만나기는 어렵습니다. 정말 힘들다면 연락을 한 번 해보세요. 가벼운 인사정도는 괜찮지 않을까요?

Q. 나는 무엇을 하면 좋을까요?

A. 짧은 시간에 결과를 볼 수 있는 가벼운 일보다는 오랜 시간을 투자해야 하는 장기적인 일을 시작하는 것을 추천합니다. 남들보다 빠른 사람이 아니기 때문에 단거리 경주에서는 승리하기 어려우니까요. 하지만 오래 걸리는 일은 다릅니다. 잘 할 수 있습니다.

Q. 관계를 회복할 수 있을까요?

A. 호시탐탐기회를 엿보고 있다면 금방 시기가 올 것입니다. 긴장을 놓치지 말고 대기해야 합니다. 찰나의 기회가 올 것입니다. 회복할 수 있습니다.

Q. 끝낼 수 있을까요?

A. 거의 끝날 때가 되었습니다. 다만 빨리 발을 빼지 않으면 또 다른 일에 붙들리고 말 것입니다. 신속하고 조용하게 빠져나갈 준비를 시작합시다.

XVIII. The Moon

Q. 나는 재능이 있을까요? Q. 사람들은 나를 믿을까요? Q. 잘 될까요? Q. 내가 잘못한 것일까요? Q. 하고 싶은 것이 있는데 해도 될까요? Q. 언제쯤 금전 운이 좋아질까요? Q. 그(또는 그녀)가 나를 사랑할까요? Q. 시험에 합격할까요? Q. 새로운 인연이 생길까요? Q. 나는 무엇을 하면 좋을까요? Q. 관계를 회복할 수 있을까요? Q. 끝낼 수 있을까요?

Q. 나는 재능이 있을까요?

A. 예술적인 감각을 가지고 있습니다. 기복이 있으나 손끝이 예민하고 사고가 열려있어 창의적인 생각이 넘칩니다. 감정을 조절할 수 있다면 재능을 발전시킬 수 있을 것입니다.

Q. 사람들은 나를 믿을까요?

A. 사람들의 믿음이 당신을 성장시키는 중입니다. 또한 사람들의 기대에 부응하고자 변해가는 중입니다. 앞으로 더 좋은 사람이 될 수 있을 것입니다.

Q. 잘 될까요?

A. 사람들의 기대와 바람을 받고 있으니 떨리는 것은 당연합니다. 잘 할 수 있으니까 지지를 받을 수 있습니다. 재능이 있으니까 좋은 결과가 있을 것입니다.

Q. 내가 잘못한 것일까요?

A. 달은 밤의 모든 것을 지켜봅니다. 진실은 결국 드러나게 될 것입니다. 마음의 안정을 위해 알고 싶다면 알려드리지요, 잘못은 아닙니다.

Q. 하고 싶은 것이 있는데 해도 될까요?

A. 쉽게 이루어질 수 있는 일은 아닙니다. 더 중요한 것은 지금 꼭 하고 싶은 일이 딱 하나가 아니란 점입니다. 하나에 집중하면 잘 할 수 있지만 힘을 분산한다면 잘 되지 않을지도 모릅니다.

Q. 언제쯤 금전 운이 좋아질까요?

A. 금방 좋아질 예정이지만 참았던 것이 폭발하면서 너무 많은 돈을 써버려 다시 나빠질 수 있습니다. 스트레스를 돈으로 푸는 것을 참아내야 다시 나빠지는 것을 막을 수 있습니다.

Q. 그(또는 그녀)가 나를 사랑할까요?

A. 사랑을 달에 맹세하면 안 된다는 줄리엣의 대사를 기억하고 있다면 하루에도 열 두 번씩 바뀌는 나의 태도를 바꿀 필요가 있습니다. 달은 상대방이 아니라 자신입니다.

Q. 시험에 합격할까요?

A. 제자리에 앉아 집중력 있게 공부하고 있지 못한 상황을 감안한다면 당연히 가능성은 낮습니다. 불안에 떨며 질문할 시간에 공부합시다!

Q. 새로운 인연이 생길까요?

A. 변화의 달이 떠 있으니 새로운 인연의 가능성은 높습니다. 그러나 의지 또한 계속 변화하고 있기 때문에 실현가능성은 낮습니다. 계속 원한다면 상상속의 사람은 현실이 되어 나타날 수도 있습니다.

Q. 나는 무엇을 하면 좋을까요?

A. 같은 상황이 반복되는 것은 매번 똑같은 선택을 하기 때문입니다.

아무것도 하지 않는 것도 방법입니다. 시간을 천천히 흘려보내면 삶의 주기를 알게 됩니다. 패턴을 아는 것이 중요합니다. 알면 바꿀 수 있습니다.

Q. 관계를 회복할 수 있을까요?

A. 깨진 관계가 아닙니다. 매번 이렇게 멀어졌다가 돌아오는 그런 시끄러운 관계입니다. 회복될 것이고 또 싸우게 될 것입니다.

Q. 끝낼 수 있을까요?

A. 다른 사람이나 상황에 의해서 끝났으면 좋겠다고 생각한다면 영원히 끝나지 않을지도 모릅니다. 운명에 기대서는 안됩니다. 끝내는 것은 내손으로 해야 합니다.

XIX. The Sun

Q. 나는 재능이 있을까요? Q. 사람들은 나를 믿을까요? Q. 잘 될까요? Q. 내가 잘못한 것일까요? Q. 하고 싶은 것이 있는데 해도 될까요? Q. 언제쯤 금전 운이 좋아질까요? Q. 그(또는 그녀)가 나를 사랑할까요? Q. 시험에 합격할까요? Q. 새로운 인연이 생길까요? Q. 나는 무엇을 하면 좋을까요? Q. 관계를 회복할 수 있을까요? Q. 끝낼 수 있을까요?

Q. 나는 재능이 있을까요?

A. 존경과 인정을 받을 만한 인격과 품성을 가지고 있습니다. 스스로 갈고 닦는 노력을 게을리 하지 않는 성실함 또한 중요한 재능입니다.

Q. 사람들은 나를 믿을까요?

A. 모든 사람의 시선이 한 곳을 향하고 있습니다. 한 사람만을 믿는 대중과 마주하는 것은 강심장이 아니면 힘든 일입니다. 불편하다면 내려놓아야 합니다.

Q. 잘 될까요?

A. 정성과 노력이 하나로 모이고 있습니다. 잘 될 것입니다. 이번에는 이변을 걱정하지 않아도 좋습니다. 순리대로 되고 있는 중입니다. 결과는 확실합니다.

Q. 내가 잘못한 것일까요?

A. 잘못한 것이 아닙니다. 잘 한 것입니다. 순리대로 했지만 사람들이 이유를 이해하지 못하고 있을 뿐입니다. 조금만 참으면 됩니다. 알고 나면 태도는 바뀌게 됩니다.

Q. 하고 싶은 것이 있는데 해도 될까요?

A. 충분히 노력한다면 좋은 결과가 있을 것입니다. 세상 모든 일이 그러하듯이 그냥 되는 것은 아닙니다. 원하는 마음이 식어버리지 않는다면 지금 꿈꾸는 것을 이루게 될 것입니다.

Q. 언제쯤 금전 운이 좋아질까요?

A. 현재도 나쁜 운은 아닙니다. 이전과 비교해 보았을 때 나아졌지만 아직 부족하다고 느끼는 것은 아닌가요? 아직 더 상승할 운이 남아있습니다. 조금 더 기다려보세요.

Q. 그(또는 그녀)가 나를 사랑할까요?

A. 영원히 사랑할 것입니다. 떨어져있어도 헤어져도 다시 볼 수 없어도 사랑은 멈추지 않을 것입니다. 그것으로 충분합니다. 손만 내밀면 가질 수 있습니다. 영원히 당신 것입니다.

Q. 시험에 합격할까요?

A. 합격을 기다리는 사람이 너무 많습니다. 오히려 주변의 기대가 마음을 흔들고 있습니다. 내가 원한 것입니다. 초심을 잊지 않는다면 합격할 것입니다.

Q. 새로운 인연이 생길까요?

A. 봄이 오고 환경이 변화합니다. 새로운 삶이 시작되고 신기한 일들이 일어납니다. 새로운 인연도 만나게 됩니다. 일이 바쁜 것은 방해가 될 것입니다. 인연을 만나는 것이 최우선이 되어야 합니다.

Q. 나는 무엇을 하면 좋을까요?

A. 모든 것이 순리대로 돌아가고 있습니다. 하던 일을 놓치지 않고 꾸준히 하면 모든 것을 이루게 됩니다. 태양은 의무와 책임을 다한 자에게 결과를 주는 별입니다. 포기하지 않으면 됩니다.

Q. 관계를 회복할 수 있을까요?

A. 오랜 시간 떨어져 있던 인연이 돌아오는 시기입니다. 갑자기 전화가 오거나 길에서 만나게 됩니다. 어색하지 않게 인사하면 다시 친구가 될 수 있습니다.

Q. 끝낼 수 있을까요?

A. 모든 것을 끝내고 새로 시작할 수 있는 시기입니다. 프로젝트는 완료되고 관계는 정리될 것입니다.

XX. Judgement

Q. 나는 재능이 있을까요?

A. 때가 올 때 까지 쉬지 않고 꾸준히 공부하는 재능을 가지고 있습니다. 현대에서 이런 재능은 여러 가지 시험을 준비하는데 유리합니다.

Q. 사람들은 나를 믿을까요?

A. 아직은 아닙니다. 지금은 사람들이 모르지만 운명은 잘 알고 있습니다. 새로운 모습으로 변화한 당신의 모습에 그들은 깜짝 놀라게 될 것입니다.

Q. 잘 될까요?

A. 이것은 행운의 때입니다. 환경이 조성되고 사람들의 믿음을 얻으며 운명의 도움을 받는 시기 말입니다. 잘 될 수밖에 없습니다. 이런 순간은 흔하지 않습니다.

Q. 내가 잘못한 것일까요?

A. 앞장서야 할 때가 있습니다. 단체에서 모든 사람을 대표하게 된 것이지 직접 잘못을 저지른 것은 아닙니다. 그런 것입니다. 내가 아니라 다른 사람을 위한 위치에 있습니다. 유감을 표하면 됩니다.

Q. 하고 싶은 것이 있는데 해도 될까요?

A. 좋은 때를 만났기 때문에 용기도 생기고 계획도 할 수 있게 된 것입니다. 이전에는 하지 못했던 일들을 할 수 있게 되는 시기입니다. 가능성에 의지가 더해지면 꿈은 현실이 됩니다.

Q. 언제쯤 금전 운이 좋아질까요?

A. 벌써 좋아지고 있습니다. 작고 보잘 것 없던 소득은 고정적이고 충분한 수입이 되어가고 지출도 적정선 한도 내에서 유지되고 있습니다. 이것은 좋은 금전상태 입니다.

Q. 그(또는 그녀)가 나를 사랑할까요?

A. 누군가를 기다린다는 것은 사랑한다는 뜻입니다. 다시 보고 싶고 함께하고 싶어 한다는 뜻이니까요. 당연히 사랑합니다. 오래 기다린 사람에게 달려가 주세요.

Q. 시험에 합격할까요?

A. 합격이 이 카드가 가진 가장 중요한 행운입니다. 이 카드는 좋은 때를 맞이하여 원하는 자리에 도달하게 되는 성공의 카드입니다. 목표를 이루고 지금까지와는 다른 꿈꾸던 자신을 완성하게 될 것입니다.

Q. 새로운 인연이 생길까요?

A. 기다리던 것을 만나게 된다는 뜻이 있기 때문에 새로운 인연이 시작되거나 끝나버린 인연이 다시 돌아온다는 뜻이 됩니다. 어느 쪽을 선택해도 새로운 만남이 시작될 것입니다.

Q. 나는 무엇을 하면 좋을까요?

A. 여러 가지 기회가 주어지면 고민을 하는 것은 당연합니다. 선택의 옵션이 여럿일 수록 결정에 걸리는 시간도 비례해 길어집니다. 답답해 할 필요는 없습니다. 천천히 결정해도 괜찮습니다.

Q. 관계를 회복할 수 있을까요?

A. 손만 내밀어도 다시 예전과 같은 상태가 됩니다. 상대방은 기다리는 중입니다. 아무렇지도 않게 어제 만난 사람처럼 이야기할 수 있습니다.

Q. 끝낼 수 있을까요?

A. 끝낼 때가 되었지만 나의 일이 아닙니다. 결단을 내리고 정리를 해야 하는 것은 다른 사람입니다. 지켜보는 것이 답답하겠지만 끝은 옵니다.

XXI. The World

Q. 나는 재능이 있을까요?

A. 당신은 다양한 재능을 가지고 있습니다. 모든 것이 쉽게 보여 쉽게 시작하지만 금방 싫증을 내는 것이 단점입니다. 오래 할 수 있는 한 가지를 찾기만 하면 됩니다.

Q. 사람들은 나를 믿을까요?

A. 기복이 심한 성격 때문에 믿음을 가지는 사람과 그렇지 않은 사람이 반반씩 존재합니다. 한결같은 믿음을 얻으려면 원칙 있는 행동을 보여야 합니다.

Q. 잘 될까요?

A. 잘 될 때도 있고 아닐 때도 있습니다. 누구에게나 두 가지 가능성이 존재합니다. 지금까지와는 다른 운이 올 것입니다.

Q. 내가 잘못한 것일까요?

A. 모든 일에는 이면이 있습니다. 서로에게 책임을 전가하는 것을 멈추지 않으면 결론이 나지 않습니다. 내 탓이라고 인정하게 되는 상황이 될 수도 있습니다. 이럴 때는 의견을 말 하지 않는 것이 좋습니다.

Q. 하고 싶은 것이 있는데 해도 될까요?

A. 지금은 미래가 확실하게 보장된 때가 아닙니다. 앞으로 어떤 사건이 벌어질지 알 수 없기 때문에 기다려야 합니다. 운명의 방향이 바뀌는 시기가 있습니다. 기다림의 때입니다.

Q. 언제쯤 금전 운이 좋아질까요?

A. 좋은 시기와 나쁜 시기가 번갈아서 교차하는 금전 운을 가지고 있습니다. 환경의 영향을 받기 때문에 주변 사람들에 의해 금전 운이 좌우됩니다. 가장 많은 시간을 보내는 친구나 가족의 행동을 바꿔야 좋아집니다.

Q. 그(또는 그녀)가 나를 사랑할까요?

A. 운명적으로 짝 지워진 관계입니다. 운명이라고 해서 모두 영화나 동화 속에 나오는 사랑 같지는 않습니다. 현실이니까요. 그래도 사랑은 사랑입니다.

Q. 시험에 합격할까요?

A. 시험에 합격할 재능은 있으나 시험이외에도 많은 것을 꿈꾸고 있습니다. 꼭 해야 할 일을 시험 준비로 결정하고 충분한 시간이 지나면 합격하게 될 것입니다.

Q. 새로운 인연이 생길까요?

A. 세상은 인연으로 가득 차 있습니다. 원하는 만큼 새로운 사람을 만날 수 있습니다. 그걸 원한다면 말입니다. 단 한사람의 진짜 인연은 지금은 멀리에 있습니다.

Q. 나는 무엇을 하면 좋을까요?

A. 문제는 할 줄 아는 것이 많다는 점입니다. 할 수 있는 것과 해야 하는 것을 확실히 구분하고 있지 못하기 때문에 고민하게 되는 것입니다. 경험이 있는 일을 선택하면 후회할 가능성은 낮아집니다.

Q. 관계를 회복할 수 있을까요?

A. 운명에 맡겨야 하는 상황입니다. 내 손으로 할일이 없기 때문에 상대방의 결정에 따라야 합니다. 아쉽지만 시간이 지나야 알 수 있습니다. 금방 해결되는 것이 아닙니다.

Q. 끝낼 수 있을까요?

A. 답답한 일이지만 때가 되어야 끝납니다. 모든 단계와 절차를 거쳐야 끝나는 일입니다. 건너뛰거나 단축할 수 있는 방법이 없습니다. 그냥 기다려야 합니다.

●이 책의 저자 칼리는 심리학, 문예창작을 전공하였고
아시아인 최초로 미국 타로카드 자격 인증기관인 TCB(Tarotcertification.org)를 통해
그랜드 마스터(CTGM) 자격을 인증받았으며 한국 지부장으로 활동하고 있다.

타로 유저들을 위한 종합서로
《왕초보 타로카드》,
《타로카드 길라잡이》,
《타로카드 스프레드》,
《사랑의 기술》,
《베이직 웨이트 타로카드》,
《타로카드 이지라이디》,
《타로카드 에띨라》,
《타로카드 리딩튜터》,
《타로카드 앨리스》,
《타로카드 트릭트릿》,
《코리안 타로카드》를 출판하였다.

이 외에도 현재 창작 타로를 작업 중에 있으며, 타로 교육 및 상담을 병행하고 있다.
타로카드쇼핑몰　www.tarotclub.net
교육 사이트　　www.masterkali.com

●일러스트: 최은하(Choi Eunha)
계원조형예술대학 매체예술과 졸업.
2003년~2006년 소설 '마신유희' 표지작업(도서출판 두드림)
오프도시(OFF℃) 주최 제1회 추락천사 페스티벌 참여.
2009년 월간 아트인컬쳐 주최 제1회 동방의 요괴들 선정
2014년 '코리안 타로카드' 일러스트(당그래출판사)